Anna Boller

Gefangen zwischen Himmel und Hölle

Autobiografie

Impressum

Bibliografische Information der Deutschen Nationalbibliothek: Die Deutsche Nationalbibliothek verzeichnet diese Publikation in der Deutschen Nationalbibliografie; detaillierte bibliografische Daten sind im Internet über http://dnb.dnb.de abrufbar.

Verlag: BoD · Books on Demand GmbH, In de Tarpen 42, 22848 Norderstedt

Druck: Libri Plureos GmbH, Friedensallee 273, 22763 Hamburg

ISBN: 978-3-7693-0972-0

Für dich mein Schatz,
die du mir das Liebste bist

Es war knapp drei Jahre her, dass Katharina mich gebeten hatte, auf ihre Zwillinge aufzupassen.

Sie waren noch nicht ganz drei Jahre alt. Ihre Tochter Louisa, inzwischen acht, und ihr kleinerer Bruder Lias, sechs Jahre alt.

Sie hatten einen Termin mit den „Großen", und so war ich zu ihnen gefahren, um auf die Zwillinge aufzupassen.

Bisher hatte ich noch keinen Kontakt wieder zu meinem Ex, dem Vater meiner Tochter Katharina.

Auf den Brief, den ich ihm vor vielen Wochen geschrieben hatte, zeigte er keine Reaktion, und so ließ ich es darauf beruhen. Sein Verhalten war in meinen Augen einfach lächerlich, aber für Katharina und ihre Kinder war es eine große Belastung. Wir waren ihm öfter schon mit dem Auto begegnet, die Kinder winkten ihm zu und er hatte es jedes Mal ignoriert, wenn er sah, dass ich am Steuer saß.

Dass er uns gesehen hatte, war ihnen nicht entgangen. Katharina erzählte, dass die Kinder ihn mehrfach darauf angesprochen hätten, aber keine Antwort von ihrem Opa erhielten. Er wechselte einfach das Thema und ignorierte ihre Fragen.

An diesem Tag, ich war mit den Zwillingen auf der Terrasse, fuhr Hugo mit seinem Wagen vor. Er hatte inzwischen einen ziemlich großen und nagelneuen Geländewagen und brachte den Anhänger, den er sich von Katharina und Kim geliehen hatte, zurück.

Das war erstaunlich, denn normalerweise fuhr er nicht auf das Grundstück, wenn er mein Auto dort stehen sah.

Er blieb gewöhnlich auf der anderen Straßenseite stehen und rief Katharina per Telefon an, damit sie ihm irgendwelche Unterlagen, die er brauchte, zum Auto brachte.

Als er am Anhänger herumfingerte, scheinbar war irgendeine Schraube am Hänger locker, ging ich vor die Tür und fragte, ob ich helfen könne. Er stammelte herum, es würde schon gehen, und als er Anstalten machte, wieder in sein Auto zu steigen, fragte ich ihn kurzerhand, ob er einen Kaffee wolle.

Wider Erwarten willigte er ein und kurz darauf saßen wir tatsächlich nach fast fünfzehn Jahren das erste Mal wieder zusammen an einem Tisch und tranken eine Tasse Kaffee. Wir plauderten über belanglose Dinge, aber er ließ es sich auch nicht nehmen, mir von seinem neuen Auto zu erzählen, und dass er es Katharina ermöglicht hätte, dieses Haus zu kaufen, in dem sie seit knapp drei Jahren mit ihrer Familie wohnte.

Ich wusste von Katharina, dass sie das Haus relativ günstig bekommen hatten und auch, dass sie dafür einen günstigen Kredit bekamen. Aber Hugo tat, als würde er alles bezahlen und hätte seine Hand darauf.

Es war noch gar nicht lange her, dass ich nachmittags bei Katharina vorbei gefahren und mich spontan bei ihr auf einen Kaffee eingeladen hatte. Ich war einkaufen gewesen und hatte noch fast zwanzig Minuten Zeit, bis ich arbeiten musste, und es lag auf dem Weg. Katharina hatte mir damals die Tür geöffnet, wurde blass und meinte ich könne nicht lange bleiben, weil ihr Vater gleich kommen wolle. Ich war noch keine fünfzehn Minuten bei ihr, als sie meinte, ich solle besser wieder fahren, bevor ihr Vater käme. Sie wolle auf keinen Fall ein Zusammentreffen bei sich im Haus mit ihm und mir. Ich war ziemlich sauer damals und sagte ihr, dass ich damit kein Problem hätte, das wäre das Problem ihres Vaters. Aber ich stieg in mein Auto und fuhr zur Arbeit.

Katharina hatte Angst vor einem Zusammentreffen, ihr steckte noch der Stress in den Knochen, den wir vor Jahren hatten, als ihr Vater in meine Wohnung eingedrungen war. Und er machte kein Geheimnis daraus, dass er keine Begegnung mit mir wünschte.

Ich wusste das es ihr leid tat, es war nicht ihre Art, mich fortzuschicken, und sie versuchte mich am Abend anzurufen, aber ich ging nicht ans Telefon. Am nächsten Morgen, als sie die Kinder in die Schule gebracht hatte, stand sie plötzlich im Stall vor mir, als ich die Pferde versorgte. Sie wollte sich entschuldigen, aber es gab nichts zu entschuldigen. Ich war es nur leid, dass ihr Vater über unser aller Leben bestimmte und wir noch immer nach seiner Pfeife zu tanzen hatten. Es wurde Zeit, dass sie ihrem Vater die Stirn bot, ihm Grenzen setzte. Immerhin war es ja ihr Haus.

Als Katharina an diesem Tag nach Hause und zu uns auf die Terrasse kam, war sie kreidebleich. Sie hatte einen riesigen Schrecken bekommen, als sie das Auto von ihrem Vater sah. Ich weiß nicht, was genau in ihrem Kopfkino abging, aber es musste furchterregend gewesen sein. Im Gegensatz zu ihr freuten sich die Kinder, und Louisa wollte flüsternd von mir wissen, wie ich das geschafft hätte.

Hugo verabschiedete sich dann bald, und ich konnte den Kindern erzählen, wie ich es angestellt hatte, ihren Opa mit mir an einen Tisch zu bringen. Vielleicht hatte ihn mein

Brief, den ich ihm vor einigen Wochen geschrieben hatte, doch zum Nachdenken gebracht.

Von da an entspannte sich die Situation mit Hugo. Endlich konnte ich Katharina besuchen, ohne vorher anzufragen zu müssen, ob ich kommen könne.

Für Katharina war es eine große Erleichterung. Sie hatte immer Angst vor dieser Begegnung gehabt, wollte nicht noch einmal miterleben, dass ihr Vater mich so anging wie damals, als er in meine Wohnung eingedrungen war. Aber scheinbar hatte ich bei ihm einen guten Tag erwischt.

Der Sommer neigte sich langsam dem Ende, Ursel war aus der Wohnung auf dem Hof ausgezogen, nicht ohne vorher noch einmal kräftig Stress zu machen, aber die Ferienwohnung blieb nun leer und es konnte endlich Ruhe einkehren.

Ich hatte mir ein Bett aus Paletten zwischen die beiden großen Eichen neben der Pferdekoppel gehängt und dort viele Nächte geschlafen. Es war traumhaft schön, dort unter den großen Bäumen und so nahe an der Pferdekoppel die Nächte zu verbringen.

David war nach unserem Treffen in der Lounge noch einmal zum Kaffee zu mir gekommen und verschwand danach wieder. Wir hatten nur noch losen Kontakt und schrieben uns ab und an eine Nachricht.

Mit Ole war alles unverändert, aber er wollte den Hof nun doch verkaufen. Er wollte die Fahrten nach Deutschland nicht mehr und wollte seine Pferde nun alle wieder zu sich nach Hause holen.

Inzwischen hatte er ja auch seine siebzig Jahre erreicht und wenn er kürzer treten wollte, war es nur verständlich.

In den fast neun Jahren, die ich inzwischen hier auf seinem Hof wohnte, hatte er es nicht geschafft, irgendetwas zu renovieren. Es wurde Zeit, dass etwas passierte, es regnete in die Stallungen, von meiner Küche ganz zu schweigen, und an der Scheune fehlten bereits die ersten Wandverkleidungen. Und die Außenanlage glich einem Schrottplatz und erinnerte mich immer mehr an die Zeit mit Hugo. Ich wollte es endlich sauber und gemütlich um mich herum haben.

Katharina hatte Hugo wohl von Oles Wunsch, den Hof zu verkaufen, erzählt, jedenfalls stand ihr Vater eines Abends bei mir vor der Tür. Ich bat ihn herein und einen Tee an.

Wir saßen in meinem Arbeitszimmer, und er schaute sich um und meinte, wie schön und gemütlich ich es hätte. Dann sprach er über unsere gemeinsame Zeit, die vielen schönen Erinnerungen, die er daran hätte, und dass ich noch immer seine Traumfrau sei und keine andere Frau mir das Wasser reichen könne. Ich bemerkte, dass ich da ganz andere Erinnerungen hätte und auch nicht mehr die kleine Anna von damals sei. Er würde sich gerne wieder etwas um mich kümmern dürfen, meinte er, er hätte etwas gut zu machen. Ich lehnte dankend ab, wusste ich doch nur zu gut, wohin das führen würde. Er würde wieder alles daran setzten, mich in eine Abhängigkeit zu drängen, und das war das Letzte, was ich wollte. Zumal er mir auch noch den Vorschlag machte, wieder einige Stunden in der Firma zu arbeiten, um Katharina zu entlasten.

Er hatte erfahren, dass Ole den Hof verkaufen wolle, meinte er, und Katharina könne und wolle den Hof gerne für mich kaufen. Ich wollte wissen, woher das Geld denn jetzt so plötzlich käme, aber er meinte, dass es alles seine Ordnung hätte, und er jetzt einfach über Geld verfügen würde.

Ich fragte ihn scherzhaft, ob er im Lotto gewonnen hätte oder unter die Heiratsschwindler gegangen sei, ohne zu ahnen, wie dicht ich an der Wahrheit war.

Ich sprach mit Ole über den eventuellen Verkauf an Katharina und wir machten einen Termin mit ihr und Kim aus. Wir wollten uns bei ihnen treffen und besprechen, was Ole sich preislich vorstellte.

Er hatte, als er den Hof damals kaufte, zu mir gesagt, dass er den Hof nur für mich gekauft hätte. Ich ging also davon aus, dass sich sein Preis für den Hof, wenn Katharina ihn kaufen würde, in Grenzen halten würde. Zumal ja auch eine ganze Menge dort gemacht werden musste.

Umso größer war der Schock, als wir bei Katharina saßen und er eine Summe verlangte, die dreimal mehr war, als er selbst bezahlt hatte. Und der Hof war inzwischen weiter heruntergekommen, als er zum damaligen Zeitpunkt schon gewesen war. Das schlug dem Fass den Boden aus, ich war schockiert. Die Zeit hätten wir uns sparen können, und hätte er mir seinen Preis vorher gesagt, wären wir gar nicht erst zu Katharina gefahren.

Trotzdem hätte Katharina den Hof gerne gekauft, auch wenn sie seinen Preis nicht in Ordnung fand. Ich war dagegen, es ging mir hier auch schon ums Prinzip. Ich hatte die ganzen Jahre hart für ihn gearbeitet und tat es ja auch noch immer. Ole meinte auf dem Rückweg, dass er das Geld brauchen würde, für weniger wolle er den Hof nicht verkaufen. Seine Kinder sollten später schließlich auch etwas erben. Und dafür sollte meine Tochter sich dann verschulden? Die Stimmung war geladen.

Ich ging schweigend zu Bett, stand um zwei Uhr in der Nacht wieder auf, nahm meinen Hund und ging spazieren. An Schlaf war eh nicht zu denken.

Das Thema Hofkauf war noch nicht ganz vom Tisch, Hugo wollte ein weiteres Gespräch mit Ole. Es hatte mich gewundert, dass Hugo bei unserem Treffen auch anwesend war. Eigentlich ging es ihn ja nichts an. Er ließ sich aber Oles Adresse geben und besuchte ihn in Polen. Hugo bewunderte die Villa, die Ole sich dort gebaut hatte, aß mit ihm zu Abend und führte auch ein langes Gespräch mit Edith, die ihn sehr sympathisch fand, wie Ole später berichtete. Aber Hugo biss bei Ole auf Granit. Er hielt an seinem Preis fest, da halfen auch die Schmeicheleien von Hugo nichts.

Für mich war das Thema damit erledigt, Katharina sollte auf keinen Fall den Hof kaufen. Ole hatte angeboten, wenn Katharina den Preis zahlen würde, einiges an Renovierungsarbeiten zu machen. Aber seine Versprechungen kannte ich inzwischen nur zu gut. Es würde vermutlich nichts passieren und meine Tochter hätte einen Haufen Schulden.

Hugo ließ sich jetzt immer öfter bei mir blicken. Wenn er vom Einkaufen kam, hielt er bei mir an und brachte mir einen Karton voller Lebensmittel. Er hätte zu viel eingekauft, meinte er. Anfangs fand ich es noch ganz nett, aber das änderte sich schnell. Er versuchte schon bald wieder mich zu manipulieren. Dabei gab er sich immer betont freundlich, schmeichelte mir mit Komplimenten, die allerdings ins Leere gingen. Meine Antennen waren schon wieder in Alarmbereitschaft.

Kim, Katharinas Lebensgefährte und Vater ihrer Kinder, würde Katharina nicht genug unterstützen, meinte er. Er begann bei jeder sich bietenden Gelegenheit schlecht über ihn zu reden. Das er schlecht über Kim dachte, konnte ich mir gut vorstellen. Hugo konnte mit Kim nicht so umspringen, wie er es gerne getan hätte. Er prallte bei ihm ab. Kim ließ sich nicht von ihm provozieren und diskutierte ihn in Grund und Boden. Hugo konnte noch nie gut diskutieren, ihm gingen schnell die Argumente aus, und dann wurde er sehr laut und verletzend. Kim ließ ihn dann einfach stehen.

Kein Wunder also, dass er nicht der Mann war, den er sich an Katharinas Seite wünschte.

Aber es bleib nicht bei Kim, auch seine Mutter passte nicht in Hugos Konzept. Ich solle sehen, dass die Kinder so oft wie möglich bei mir wären, damit sie nicht zur anderen Oma kämen. Hugo wollte für die Kinder und mich vorher einkaufen, dann hätte ich keine Kosten dadurch und könne die Kinder so oft wie möglich zu mir holen. Dass die Kinder ihre andere Oma liebten und brauchten, interessierte ihn nicht. Sie hätte keinen guten Einfluss auf die Kinder, meinte er. Das lag vermutlich daran, dass diese Oma keinen Hehl daraus machte, dass sie Hugo nicht mochte und ihn für einen Blender hielt.

Einige Male versuchte ich ihm noch zu erklären, dass Kims Mutter als Oma wichtig sei für die Kinder, sie liebten sie ja ebenso wie ihn und mich, aber er hörte mir entweder gar nicht zu oder ignorierte, was ich sagte. Es kam bei ihm einfach nicht an und es war zwecklos, mit ihm ein Gespräch darüber führen zu wollen. Ich schaltete also künftig auf Durchzug und bat ihn, keine Einkäufe mehr für mich zu tätigen. Allerdings hielt er sich nicht wirklich daran. Er hatte wohl das Bedürfnis mir zu demonstrieren, dass er endlich genug Geld zur Verfügung hatte, um mich mit durchzufüttern.

Ole machte es ziemlich wütend, er war eifersüchtig und hatte Angst, ich könne zu Hugo zurück gehen. Immerhin hatte er ja nun scheinbar viel Geld.

Der Hof, auf dem ich so viele Jahre mit Hugo gelebt hatte, war in den vergangenen Jahren völlig verwahrlost. Das Haus eine einzige Ruine.

Ein Teil des ehemaligen Stalles, der an das Wohnhaus angrenzte und der kleine Hühnerstall auf dem Hof, der inzwischen Katharina gehörte und nicht mehr Hugo, sollte abgerissen werden. Hugo fragte bei Ole an, ob er den Abriss mit seinem Bagger machen würde. Ole willigte ein, sein Bagger stand ja auf seinem Hof, der nur zwei Grundstücke weiter lag.

Ich half natürlich mit und es war ein merkwürdiges Gefühl, nach so vielen Jahren hier wieder auf dem Hof zu sein. Alte Erinnerungen kamen wieder hoch, Erinnerungen an die vielen Tiere, die mich hier begleitet hatten und nicht mehr lebten. Die vielen Ausritte, die ich gemeinsam mit Katharina machte. Wir hatten hier viele glückliche Stunden verbracht, immer dann, wenn ihr Vater nicht zuhause war. Meine Reitstunden, die ich nachmittags für Kinder gegeben hatte und die Sommerfeste jedes Jahr. Wir hatten so viele Tiere dort, die alle im Laufe der Jahre von uns gingen, bis ich selbst dann meine Sachen packte und nur noch mit den Pferden, meinen Hunden, den beiden Katzen und der übrig gebliebenen Ziege Ida ging.

Hugo hatte auch Louisa und Lias, die beiden Großen von Katharina, zum Helfen geholt. Ihre und meine Aufgabe

bestand darin, den Müll aus dem Schutt zu sammeln.
Und davon gab es reichlich. Der ehemalige Stall, der direkt
an das Haus angebaut war, war voller Müll und auch vom
Dachboden fiel jede Menge Unrat herunter. Ole hatte bald
keine Lust mehr, er wollte den ganzen Kram einfach in die
Container laden, aber Hugo bestand darauf, alles in
Müllsäcke zu stecken, damit er in Ruhe noch alles
durchsehen konnte.

Wir sammelten also tagelang den ganzen Müll in Säcke
und bald war der Pferdestall, der separat einige Meter vom
Haus entfernt stand, voll gestellt mit Müllsäcken.

Nach zwei Tagen meinte Ole, dass er noch nie einen so
großen Idioten wie Hugo erlebt hätte.

Wir sammelten den gesamten Müll aus dem Schutt, Ole
hatte zu warten bis wir fertig waren, um ihn dann im
Pferdestall zu lagern. Erst, wenn alles abgesammelt war,
konnte Ole die nächste Ladung Schutt in die Container
befördern und dann begann das Spielchen von vorne.

Es ging im Zeitlupentempo voran, Hugo schaute sich jedes
Teil an und wurde seinen Müll einfach aus den Fingern
nicht los. Als unzählige leere Weinflaschen ans Tageslicht
kamen, erzählte Hugo Ole, dass ich früher so viel
getrunken hätte. Die Flaschen seien alle von mir. Ole ging
nicht darauf ein, er wusste, dass ich kaum Alkohol trank.

Katharina hatte für den Abriss den Kindern und mir
Sicherheitsschuhe besorgt. Sie hatte Sorge, dass wir in
einen Nagel oder spitze Glasscherben treten könnten. Es
war ja nicht ganz ungefährlich in dem ganzen Müll und
Schutt. Hugo wollte keine Sicherheitsschuhe, er würde

aufpassen können, meinte er. Schließlich würde er ja sehen, wohin er trat.

Am dritten Tag vom Abriss kam Ole gegen Abend lachend zu mir in die Küche. Ich war etwas früher gegangen um die Pferde zu versorgen. Er erzählte, dass Hugo in einen großen Nagel getreten wäre und Katharina mit ihm auf dem Weg ins Krankenhaus sei. Er hatte gerade den Schutt in den Container geladen, als Hugo auf dem Rücken lag und ihn zu sich winkte. An seinem Fuß steckte ein großes Brett. Ole zog das Brett von seinem Fuß, es steckte ein großer rostiger Nagel darin. Ole machte Hugo nach, wie er auf dem Rücken lag wie ein Käfer und ihm zuwinkte, statt sich das Brett sofort vom Fuß zu ziehen. Er machte seinen Spaß damit, hatte aber Hugo geraten, damit zum Arzt zu fahren. Es könnte eine Blutvergiftung geben oder die Knochenhaut sich entzünden. Hugo wollte erst nicht, er meinte, er hätte schmutzige Füße und wolle erst nach Hause unter die Dusche. Katharina hatte Feuchttücher von den Kindern im Auto, sie war kurz nach dem Vorfall gekommen um die Kinder abzuholen. Mit den Tüchern machte sie ihrem Vater den Fuß etwas sauber und bestand darauf, ihn ins nächste Krankenhaus zu fahren, damit die Wunde versorgt werden konnte. Die nächsten Tage verbrachte Hugo dann humpelnd auf der Baustelle.

Vielleicht hätte er doch einmal auf seine Tochter hören sollen.

Der Rest des Hauses sollte später abgerissen werden, Hugo wollte erst das Haus ausräumen. Katharina und ich waren uns darin einig, dass wir dabei nicht helfen würden. Das Dach war fast komplett kaputt, es war einsturzgefährdet, und innen musste alles feucht und verschimmelt sein, und vermutlich tummelten sich unzählige Ratten und Mäuse darin.

Jedenfalls war Ole nach dieser Aktion von seiner Eifersucht kuriert. Er hatte Hugo jetzt von einer anderen Seite kennengelernt, dieser, nach außen hin, scheinbar nette, ältere Herr war für ihn ganz offensichtlich krank im Kopf. Mein Reden.

Er hätte schon eine Baugenehmigung, hatte Hugo Ole stolz erzählt, für einen Neubau. Dieses Haus sollte in der gleichen Größe gebaut werden, wieder in L Form, mit zwei Wohnungen. Wer darin wohnen würde, wüsste er noch nicht, aber das Haus sollte gebaut werden und würde ihn fast eine Million kosten. Aber Geld würde für ihn keine Rolle spielen, er wäre gut im Geschäft.

Ich konnte diese Art Prahlerei noch nie ausstehen und bei Hugo noch weniger. Er war furchtbar überheblich und an seine angeblich guten Geschäfte glaubte ich nicht. Da war etwas faul, vermutlich hatte er eine Erbschaft erschlichen oder etwas in der Art, aber es ging mich nichts an.

Wenn ich Katharina danach fragte, wich sie mir aus. Ihr Vater hatte ihr verboten mit mir darüber zu sprechen und sie hatte Angst, dass ich mich verplappern könnte. Er war schon immer ein großer Freund von Geheimnissen gewesen. Ich wollte Katharina nicht bedrängen und fragte dann auch nicht mehr weiter nach.

Wir beide fuhren so oft es ging gemeinsam einkaufen. Mit vier Kindern waren es immer Großeinkäufe und wir nutzten diese Zeit, um uns ungestört zu unterhalten. Das war sonst nicht wirklich möglich. Hugo saß ständig bei ihr im Haus, angeblich um zu arbeiten. Seit Katharina die

Firma übernommen hatte, ging ihr Vater, der in der Firma weiterhin arbeitete, bei ihr ständig ein und aus.
Sie hatte ihr Büro im Haus, mit den Kindern praktisch, aber dadurch hatte sie eigentlich nie wirklich Feierabend.

Wenn Hugo im Außendienst unterwegs war, klingelte im halbstündlichen Takt ihr Telefon. Er rief wegen der geringsten Kleinigkeit an, manchmal nur, um ihr zu sagen, welches Lied er gerade im Radio hörte. Es war natürlich nichts weiter als eine Kontrolle darüber, ob sie wirklich an ihrem Schreibtisch saß.
Kim wollte feste Bürozeiten für ihren Vater einführen, konnte sich aber nicht durchsetzen. Hugo ignorierte es, wie immer. Es gab kaum ein Wochenende, an dem Katharina nicht mit ihrem Vater arbeiten sollte. Und sie tat es, sie wollte keinen Stress mit ihm. Kim kümmerte sich nach der Arbeit um die Kinder, und Katharina arbeitete mit ihrem Vater oder bereitete ihm Unterlagen für den nächsten Tag vor. Manchmal bis spät in die Nacht.

Jetzt, wo ich zu ihr fahren konnte, ohne vorher anfragen zu müssen, ob ihr Vater da wäre, konnte ich ihr etwas im Haushalt zur Hand gehen. Sie schimpfte immer, ich solle nicht immer nur zum Arbeiten kommen, aber ich tat es gerne. Wann immer ich Hilfe brauchte, nahm sie sich ja auch die Zeit für mich, und so konnte ich ihr etwas zurückgeben. Und Zeit für einen Kaffee hatten wir meist auch, bis ihr Vater wieder vor der Tür stand oder anrief.

Aber er war erstaunlich friedlich, scheinbar trank er im Moment keinen Alkohol.

Katharina erzählte, dass er nur noch selten bei seiner Freundin auf der Insel wäre. Sie sei so negativ geworden, hatte er ihr erzählt. Das wunderte mich nicht. Er hätte aber eine ältere Dame kennengelernt und sie hätte wohl einen guten Einfluss auf ihn, meinte sie. Die Dame sei auch schon bei ihr gewesen, sie sei sehr nett, würde meditieren und kenne sich in der Naturheilkunde sehr gut aus. Ich würde mich ganz sicher auch gut mit ihr verstehen. Das stimmte wohl, aber ein Kennenlernen würde Hugo zu verhindern wissen, soviel stand für mich fest. Das Risiko, dass ich etwas Negatives über ihn erzählen könnte, würde er niemals eingehen.

Und so war es dann auch. Als ich einige Wochen später Katharina bei der Wäsche helfen wollte, wir hatten uns für den Abend verabredet, sagte sie ab. Ihr Vater wollte kommen und besagte Dame mitbringen. Er hatte Katharina gebeten, mir mit irgendeinem fadenscheinigen Grund abzusagen.

Wir machten die Wäsche einen Abend später.

Katharina nahm sich jetzt auch endlich öfter die Zeit, um mit den Kindern zu mir auf den Hof zu kommen. Sie meldete sich ganz offiziell bei ihrem Vater dafür ab.
Bei ihren Kunden erzählte Hugo dann, dass seine Tochter mit den Kindern bei mir wäre, damit die Kinder reiten könnten. Das machte sich scheinbar gut und zeigte ihn in einem guten Licht. Bei den nächsten Gesprächen, die Katharina mit ihren Kunden führte, wurde sie darauf angesprochen. Er spielte nach außen hin wieder die Bilderbuchfamilie und tat, als wären wir noch immer zusammen. Es war unglaublich, aber viele seiner Kunden ließen noch immer Grüße an mich ausrichten, weil sie dachten, wir würden noch immer die perfekte Familie sein. Dass wir seit über fünfzehn Jahren getrennt waren und viele Jahre keinen Kontakt hatten, verschwieg er.
Katharina klärte einige Kunden, die nach mir gefragt hatten, darüber auf und sie waren völlig entsetzt darüber,

war Hugo doch erst bei ihnen gewesen und hätte getan, als sei alles in bester Ordnung bei uns.

Als ich bei einem meiner Besuche bei Katharina einen guten Bekannten an der Tankstelle getroffen hatte, ich wohnte damals noch in Friedland, sprachen wir kurz miteinander. Er meinte dann ich solle Hugo Grüße ausrichten. Ich klärte ihn darüber auf, dass ich schon seit Jahren von ihm getrennt sei, woanders wohnen würde und auch keinen Kontakt mehr zu ihm hätte. Er war ziemlich schockiert, Hugo war erst zwei Tage vorher bei ihm gewesen und hatte kein Wort darüber verloren.
Im Gegenteil, er hatte den Eindruck vermittelt, bei uns wäre alles in bester Ordnung und hatte versprochen, mir Grüße auszurichten.

Kim unterstützte Katharina in allem und sorgte auch dafür, dass regelmäßig Freunde eingeladen wurden oder sie abends einfach mit einer Freundin mal ausgehen konnte. Sie brauche ihre Auszeit, sagte er immer. Darum kauften sie auch bald einen Wohnwagen und verschwanden damit regelmäßig an die Ostsee. Hugo ließ es sich oft nicht nehmen, kurz vor ihrer Abfahrt zu erscheinen, weil er ganz dringend noch Unterlagen brauchte. Und wenn sie am Sonntag gegen Mittag wieder heimkehrten, stand er meist schon bei ihnen am Gartentor.

Katharina war oft genervt, rief mich dann an um sich „auszukotzen", wie sie es nannte. Sie schaffte es aber nie, ihn einfach vor die Tür zu setzen.

Wir sprachen öfter darüber, ob es nicht besser wäre, wenn sie die Firma verkaufen würde. Sie könnte halbtags arbeiten, wenn sie es denn unbedingt wolle, aber hätte dann jedenfalls geregelte Arbeitszeiten, und ihr Vater hätte keinen Grund mehr, sich ständig bei ihr aufzuhalten.

Dass sie dadurch Stress hatte, war ja ganz offensichtlich. Er mischte sich in alles ein. In die Gartengestaltung, in die Kindererziehung, schrieb ihr sogar vor, was und wie sie für die Kinder zu kochen hatte. Er blieb während der Woche, wenn Kim zur Arbeit war, oft zum Mittagessen und meinte ihre Kinder erziehen zu müssen.

Er kritisierte die Tischmanieren der Kinder, sie durften bei Tisch nicht reden, gerade sitzen, Hände waschen. Das volle Programm, wie Katharina es aus ihrer Kindheit kannte. Er war der Meinung, dass sie mit der Erziehung der Kinder überfordert wäre.

Irgendwie schien es, dass sie in die Rolle, die ich früher hatte, gerutscht war. Und sie machte den gleichen Fehler wie ich damals. Sie schwieg meistens, um nicht noch zusätzlich Öl ins Feuer zu gießen und ihren Vater noch mehr zu provozieren.

Katharina erzog ihre Kinder viel freier, sie durften während des Essens von ihrem Schultag erzählen, sonst war ja auch wenig Zeit dafür. Und vor allem hatten die Kinder ein Mitspracherecht. Das war für Hugo völlig neu, als ich noch mit ihm zusammen lebte, hatte nicht einmal ich das Recht auf eine eigene Meinung.

Dabei waren ihre Kinder unglaublich lieb, immer freundlich, fröhlich, unbeschwert. Sie liebten ihren Opa, aber sie waren nie völlig frei, wenn er dort war. Sie waren immer auf der Hut, nur nichts falsch zu machen, sonst würde Mama wieder Ärger bekommen. Es war das gleiche Muster, wie damals bei Katharina und mir.

Aber die Firma verkaufen wäre nicht so einfach, meinte sie.

Und ihr Vater wäre niemals damit einverstanden.
Sie mochte ihm das nicht antun, er hätte sie ja mit
aufgebaut. Sie nahm Rücksicht auf ihn, etwas, wozu ihr
Vater nie fähig war.

Wie wichtig es gewesen wäre, wenn Katharina Rücksicht
auf ihre eigenen Bedürfnisse genommen hätte, zeigte sich
im Herbst.

Sie rief mich an, als sie auf dem Weg zu ihrer Frauenärztin
war. Kim hatte darauf bestanden. Er hatte vor einigen
Wochen schon einen Knoten in ihrer linken Brust gefühlt
und war der Meinung dass er sich vergrößert hätte.
Katharina meinte, es würde eine Delle zu sehen sein, wenn
sie den Arm hob. Ich dachte an eine Zyste, Brustkrebs lag
nicht in unserer Familie und Katharina war auch gar nicht
der Typ dafür.

Allerdings war sie in letzter Zeit sehr blass und ihre sonst
fast golden glänzenden Haare hatten ihren Glanz verloren.
Sie sahen stumpf und matt aus, aber wir schoben es auf den
vielen Stress, den sie hatte und den Mangel an Schlaf.

Ihre Ärztin stellte ihr ein Rezept für eine Sonographie aus,
sie hatte, nachdem Katharina ihr mehrmals die Stelle
zeigte, einen Knoten ertastet und wünschte ihr alles Gute.
Einen Ultraschall hielt sie nicht für notwendig. Katharina
bekam erst drei Wochen später einen Termin.

Drei Wochen können sehr lange sein, wenn die Angst
einen begleitet. Ich versuchte sie zu beruhigen, es würde
alles nicht so schlimm sein. Sicher nur eine Zyste. Das es
Krebs sein könnte, kam mir überhaupt nicht in den Sinn.
Wie auch, Katharina hatte nie geraucht, war schlank und
ernährte sich gut, hatte ihre Kinder gestillt, sie war auch
vom Wesen her überhaupt kein Krebs Typ.

Die Ernüchterung kam schon am Tag der Sonographie, es wurde sofort danach eine Mammographie angeordnet, das Rezept kam per Fax von ihrer Frauenärztin.

Es bestand kein Zweifel, Katharina hatte Brustkrebs.

Für uns und vor allem für Katharina, brach eine Welt zusammen. Wir hatten Angst, panische Angst.

Ich hatte meinen Vater an Leukämie verloren, da war er gerade 52 Jahre alt, und nun hatte meine Tochter mit gerade mal vierunddreißig Jahren Krebs. Ich hoffte auf einen Irrtum der Ärzte, aber die Diagnose blieb.

Im Januar sollte die Behandlung beginnen.

Katharina hatte ihrem Vater erst davon erzählt, nachdem sich der Verdacht bestätigt hatte. Er rief mich in der Nacht, nachdem er es am Abend von ihr erfahren hatte, gegen halb zwei Uhr an.

Er hatte getrunken und nach seinem Sprachvermögen zu urteilen, auch nicht wenig. Katharina dürfe nicht sterben, lallte er ins Telefon, sie wäre doch seine Zukunft. Ich versuchte ihn zu beruhigen, aber er meinte immer wieder, dass sie doch seine Zukunft sei und es ginge doch nicht ohne sie, seine ganze Zukunft läge doch bei ihr.
Seine Zukunft!

Nach einer halben Stunde sagte ich ihm, dass ich auflegen würde und dass es hier nicht um seine Zukunft gehen würde, sondern um Katharinas. Er verstand es nicht, beharrte darauf, dass sie seine Zukunft sei.
Nachdem ich aufgelegt hatte, rief er im Abstand von einer halben Stunde immer wieder an, ich zog den Stecker vom

Telefon ab. Es ging bei ihm wieder mal nur um ihn. Keine Frage danach, wie Katharina sich fühlte. Aber die beste Therapie wolle er ihr spendieren, egal was es koste, Geld würde für ihn keine Rolle spielen, er hätte genug.

Ich hatte mit einer mir bekannten Heilpraktikerin gesprochen, die mir einige gute Mittel für Katharina empfahl. Auch hatte ich schon Heilpilze, die alle erfolgreich in der Krebsbehandlung eingesetzt wurden, bestellt. Katharina nahm nichts davon ein. Ihre Ärztin hatte ihr von den ganzen „Scharlatanen" wie sie die Naturheilkundler nannte, abgeraten. Sie solle sich auf keinen Fall auf diese Leute einlassen, hatte sie ihr gesagt. Ihr Krebs sei hormonabhängig und gut behandelbar, aber nur mit einer Chemotherapie. Jede Behandlung durch irgendwelche Kräuter oder homöopathischen Essenzen würde die Chemo nur unnötig verfälschen und sie hätten dann keine Kontrolle mehr darüber, wie sie auf die Chemo reagieren würde.

Katharina, die nie eine Impfung bekommen hatte, selbst als Kind immer gesund war und bei Kopfschmerzen, die sehr selten waren, nur eine viertel Tablette brauchte um eine Wirkung zu erzielen, entschied sich für eine Chemotherapie. Sie und Kim hatten ein ausführliches Gespräch mit der behandelnden Ärztin gehabt und hatten sich entschieden. Sie würde den Weg der Schulmedizin gehen und nichts zusätzlich versuchen, um die Chemo nicht zu gefährden.

Ich hatte gerade das Buch „Ein Insider packt aus" gelesen. In diesem Buch berichtet ein Mediziner von den Machenschaften der Pharmaindustrie, wie mit der Chemotherapie Geld gemacht wird, die den Patienten mehr schadet als nützt. Katharina wollte es nicht lesen, sie vertraute der Ärztin.

Sie war erwachsen, mir blieb nichts anderes übrig, als ihre Entscheidung zu respektieren. Ich hätte sie am liebsten geschrumpft und zurück in meinen Bauch gesteckt, um sie zu beschützen. Ich hatte Angst, Angst, dass die Schulmedizin meine Tochter kaputt machen würde.

Sie reagierte doch so oft genau gegensätzlich, bei schulmedizinischen Medikamenten. Als sie mit ihrem Sohn im Entbindungssaal lag, waren ihre Wehen nicht stark genug. Ich war in dieser Nacht wach geworden, hatte das Gefühl, dass mein Bauch riesig wäre und sah in mir ein Baby, dass sich mit Händen und Füßen gegen den Geburtskanal stemmte. Als ich am nächsten Morgen mit Katharina telefonierte, erzählte sie, dass sie in der Nacht im Krankenhaus gewesen sei und an den Wehentropf angeschlossen worden war. Aber statt, dass die Wehen stärker wurden, schwächten sie ab. Sie bekam daraufhin noch eine weitere Infusion, aber die Wehen blieben kurz danach ganz aus. Ihre Hebamme kontrollierte die Ampullen noch einmal, weil sie keine Erklärung dafür hatte. Es waren die richtigen gewesen, aber Katharina reagierte genau entgegengesetzt. So war es auch oft bei anderen Mitteln. Und nun sollte sie eine Chemotherapie bekommen.

Katharina hatte über mehrere Jahre die Hormonspirale getragen. Das gerade diese Spirale das Risiko für Brustkrebs drastisch erhöht, hatte ihr ihre Frauenärztin nicht gesagt. Katharina klagte oft über Probleme, es schien als würde ihr Körper dieses Fremdteil nicht wollen. Trotzdem hatte ihre Ärztin ihr dazu geraten. Diese Hormonspirale wäre deutlich verträglicher als andere Spiralen oder die Pille, hatte sie ihr gesagt.

Katharinas Geburtstag im November stand an, sie verbrachte ihn mit ihrer Familie an der Ostsee. Kann ja sein, dass es mein letzter ist, meinte sie zu mir. Es war ihr Galgenhumor, mit dem sie ihre Angst überspielte.

Die Weihnachtszeit begann, ich konnte die Weihnachtslieder im Radio nicht ertragen. Und ständig wurde das Lied „Give me a minute to hold my girl" gespielt. Ich schaltete das Radio ab, ich weinte auch so schon genug.

Katharina und Kim beschlossen noch vor Beginn der Behandlung zu heiraten. Katharina, die noch immer ihre langen roten Haare hatte, wollte mit Haaren heiraten. Mit ihren eigenen.

Den Weihnachtsabend verbrachten wir wieder zusammen. Katharina wollte mich Weihnachten nie alleine lassen, ihr Vater hatte ja seine Freundin, bei der er diesen Abend verbrachte. Die Kinder waren wieder einen Tag vorher zu mir gekommen und wir schmückten gemeinsam meinen Baum. So hatten Katharina und Kim Zeit für die Vorbereitungen. Als die Pferde alle versorgt waren, fuhren wir zur Bescherung. Hugo war am Vormittag schon bei ihr gewesen und hatte die Geschenke für die Kinder gebracht. Es waren riesige Weihnachtstüten, die der Weihnachtsmann angeblich bei ihm abgegeben hatte. Hugo bestand darauf, dass die Kinder darüber informiert wurden, dass diese Tüten von ihrem Opa abgegeben worden waren. Er hatte sie bei dem Weihnachtsmann bestellt. Und er hatte mal wieder maßlos übertrieben, und da die Kinder noch an den Weihnachtsmann glaubten, fand ich es schwierig ihnen zu erklären, warum der Weihnachtsmann die Geschenke bei Opa Hugo abgegeben hatte.

Warum der Weihnachtsmann bei mir nie Geschenke abgeben würde, wollten die Kinder wissen. Ich erklärte ihnen, dass der Weihnachtsmann an diesem Abend so viel zu tun hätte und da wäre es besser, wenn er nicht alle Omas und Opas aufsuchen müsste. Es wäre einfacher für ihn, die Geschenke dort abzugeben, wo die Kinder wohnen würden. Er würde es sonst vielleicht gar nicht schaffen, alle Kinder zu besuchen. Das leuchtete ihnen ein.

Ich war allerdings etwas irritiert, denn Katharina erzählte, dass sie aus Helmstedt gekommen waren. Er würde seit einiger Zeit auch dort wohnen, meinte sie. Hugo hatte mir stolz berichtet, dass ihm dort eine Wohnung gehören würde, allerdings hatte er auch noch sein Elternhaus, in dem er eigentlich wohnte und ich wusste von ihm, dass er auch noch immer regelmäßig auf der Insel war. Die Dame von der Insel wohnte nie bei ihm, er allerdings oft bei ihr und was es jetzt mit Helmstedt auf sich hatte, gab mir Rätsel auf.

Katharina erzählte später, dass ihm die Wohnung nicht gehören würde, er wäre oft bei der älteren Dame, mit der er sich angefreundet hatte. Er würde die Wohnungen, sie hatte wohl mehrere, nur für sie verwalten. Das hörte sich aus Hugos Mund allerdings ganz anders an.

Trotz ihrer Diagnose sorgte Katharina dafür, dass es ein schöner Weihnachtsabend wurde und keine trübe Stimmung aufkam. Sie gab sich immer stark, obwohl uns eigentlich zum Weinen zumute war.

Im Januar war Hochzeit. Bisher war ihr Vater immer gegen eine Heirat gewesen. Wegen der Firma war er der Meinung, dass es besser wäre, wenn Katharina nicht heiraten würde. Auch jetzt war er nicht begeistert, warum auch immer, aber der Termin stand. Katharina hatte ihre beste Freundin gebeten, ihre Trauzeugin zu sein. Sie hatte mich gefragt, ob das für mich in Ordnung wäre.

Kim hatte nämlich Hugo gebeten, sein Trauzeuge zu sein. Ich fand es von Kim eine große Geste Hugo gegenüber, aber deswegen musste ich nicht automatisch Katharinas Trauzeugin sein.

Aber es war so typisch für sie, sie versuchte immer es allen recht zu machen.

Ihre Freundinnen machten Pläne für die Hochzeit, und ich erzählte Ines, ihrer Trauzeugin, dass Katharina immer den Traum hatte, auf dem Schloss Neuschwanstein zu heiraten. Und was sie davon halten würde, wenn wir alle zusammenlegen und ein großes Poster vom Schloss kaufen würden, um es dann als Hintergrund für ein Hochzeitsfoto zu nehmen. Ines besprach es mit den anderen, sie fanden die Idee super und wollten sich darum kümmern.
Leider machte Julia, die mit im Vorbereitungsteam war, den Fehler und sprach auch Hugo darauf an. Sie wollte eigentlich nur wissen, ob er sich an den Kosten beteiligen wolle. Es war reine Höflichkeit von ihr, sie wollte ihn nicht übergehen.

Hugo tickte ihr gegenüber völlig aus. Er hielt es für eine total bescheuerte Idee, so ein dämliches Plakat zu kaufen und dann so zu tun, als wäre Katharina vor dem Schloss Neuschwanstein. Für so einen Scheiß würde er kein Geld ausgeben und sie sollten es lassen, war seine Antwort.

Als Julia mich anrief und mir davon erzählte und auch meinte, Katharinas Vater hätte ihnen diese Aktion untersagt, war sie ganz schön runter mit den Nerven. Hugo hatte sich wohl wieder mal ganz gut im Ton vergriffen.

Sie hatten aber bereits ein richtig schönes Poster im Internet gefunden und wir waren uns einig. Das Poster wurde bestellt und Katharina meinte später, wir hätten sie mit diesem Poster ganz schön erwischt. Als sie und Kim davor standen für ein schönes Foto, hatte sie doch Pippi in den Augen, weil sie sich so sehr darüber freute.

Hugo griff unsere Idee allerdings auf seine Art auf. Er bestellte sich Kataloge, besorgte einen riesigen Bilderrahmen und klebte diverse Bilder vom Schloss und auch von einem Luxushotel, von dem aus man einen Blick auf das Schloss hatte, als Collage zusammen. Dazwischen zehn Einhundert Euroscheine. Er spendierte Katharina und Kim eine Hochzeitsreise zum Schloss Neuschwanstein und rief mich am Morgen vor der Hochzeit noch an.
Er wollte gerne mit mir gemeinsam zum Standesamt fahren, und ich solle unbedingt die Karte, die er geschrieben hatte, noch mit unterschreiben. Dieses Geschenk wollte er gemeinsam mit mir schenken. Ich lehnte beides dankend ab, das war das Letzte was ich wollte.

Außerdem fand ich seine Idee wenig durchdacht, auch wenn der Bilderrahmen wirklich toll aussah. Katharina sollte sich jetzt in Behandlung begeben, die nächsten 10 Monate würde sie gar nicht fahren können und dann wären ja auch noch immer vier Kinder da, die irgendwo untergebracht werden müssten. Da würde er sich dann gemeinsam mit mir drum kümmern, hatte er sich überlegt. Er machte es mir mehr als leicht, meine damalige Entscheidung, ihn zu verlassen, nic zu bereuen.

Ole war schockiert, als er von Katharinas Diagnose erfuhr. Er mochte Katharina sehr und sagte mir oft, was für eine schöne und liebenswerte Frau sie sei. Ich gab die

Komplimente immer an sie weiter, sie selbst sah sich ganz anders. Kim, der immer schon stark übergewichtig war, sagte ihr oft, dass er froh sein könne, dass sie ihren Marktwert nicht kenne. Wenn sie wüsste, was für eine tolle und attraktive Frau sie wäre, hätte er wohl ausgedient.

Das stimmte aber nicht. Katharinas erster Freund aus Jugendtagen, war ein sportlicher junger Mann. Er hatte gute Manieren, sah gut aus und die beiden sahen zusammen wirklich aus wie ein Traumpaar. Die Beziehung hielt eine ganze Weile, aber je älter ihr Freund wurde, desto mehr entwickelte er sich in eine Richtung, die mir zu denken gab. Er kritisierte ihre Figur, ihre langen roten Haare, die in der Sonne golden schimmerten, sollte sie lieber blond färben und die wenigen Sommersprossen, die sich im Sommer auf ihrer Nase bildeten, sähen für ihn aus, als hätte sie mit einer Schaufel auf Kuhmist geschlagen, hatte er zu ihr ihr gesagt.

Er begann ihr vorzuschreiben, was sie anziehen sollte und kritisierte ihre Begeisterung für Schuhe. Davon hätte sie viel zu viele. Katharina verdiente damals schon in der Firma ihr eigenes Geld und wohnte allein. Ihr Freund wollte nach seiner Bundeswehrzeit zu ihr ziehen und einen Hund wollte er haben, aber nur draußen im Zwinger. Glücklich war Katharina mit ihm nicht, eigentlich entwickelte ihr Freund sich immer mehr in die gleiche Richtung wie ihr Vater. Ich hatte sie mal gefragt, ob sie sich vorstellen könne, mit dem Mann Kinder zu haben. Sie brauchte nicht lange zu überlegen, Nein.

Als sie Kim dann auf einer Geburtstagspartie kennenlernte, war es Liebe auf den ersten Blick.

Sie sagte später, als sie ihn sah, wusste sie sofort, mit dem Mann würde sie eine Familie gründen wollen. Und so kam es dann ja auch. Kim ging es damals ebenso und er versuchte ständig, ihr marodes Selbstbewusstsein wieder aufzubauen.

Das Thema Hof kaufen brachte Ole dann wieder auf den Tisch. Er dachte rational und machte mir wieder einmal deutlich, dass wir nicht füreinander bestimmt waren. Er hoffte, dass Katharina wieder gesund werden würde, aber er könne ihr den Hof jetzt auf keinen Fall mehr verkaufen. Für mich war das Thema eh durch, sein Preis war einfach inakzeptabel.

Aber Ole war der Ansicht, wenn Katharina den Hof kaufen und sterben würde, würde Kim sicherlich bald eine andere Frau haben und den Hof dann vielleicht Gewinnbringend wieder verkaufen. Dann hätte ich wieder kein Zuhause und Kim würde Gewinn machen. Das wolle er auf keinen Fall.

Verkaufen wolle er aber unbedingt, nur nicht für weniger Geld, sein Preis für den Hof stieg immer weiter an. Eigentlich wäre es jetzt an der Zeit gewesen, mich umzuorientieren, aber wohin?

Katharina und ich führten einige Gespräche, wir hatten beide das Gefühl, dass sich der Krebs in der Haustür geirrt haben müsse. Es passte so gar nicht zu Katharina, sie war einfach kein Typ dafür. Die Ärzte waren der Meinung, dass es mit der Mutter zusammenhängen würde, es war die linke Seite, und die Erfahrung zeigte, dass es über die Mutter käme und ich solle mich unbedingt auch untersuchen   lassen.

Aber vielleicht, war meine Überlegung, hatte Katharina unbewusst für mich den Krebs übernommen. Nach den Jahren, die ich mit ihrem Vater verbracht hatte, wäre es kein Wunder. Katharina sagte mir, dass sie in dem Falle froh wäre, dass sie den Krebs hätte. Sie würde es nicht ertragen, wenn ich diese Krankheit hätte und ich würde ja niemals eine Chemo machen und das wäre wohl das Einzige, was helfen würde. Nein, ganz sicher würde ich keine Chemo machen wollen, aber wer kann das schon mit Sicherheit wissen. Ich weiß nicht, wie ich mich entschieden hätte, wäre ich Mutter von vier kleinen Kindern. Katharina wollte kein Risiko eingehen, würde sie eine Entscheidung nur für sich allein treffen müssen, wäre sie auch dagegen, meinte sie. Aber als Mutter wolle sie kein Risiko eingehen und würde auf die Schulmedizin vertrauen. Es war ihr Weg und den konnte ihr niemand abnehmen, nicht einmal ich.

Aber ich wollte sie unterstützen so gut ich konnte. Ich würde sie mit Reikienergie auf ihrem Weg begleiten und auch im Freundeskreis um Hilfe für sie bitten.

Ihre Behandlungen hatten gerade erst begonnen, da kam Corona. Kim hatte furchtbare Angst, dass Katharina sich anstecken könnte und isolierte die gesamte Familie. Die Kinder blieben zuhause und bekamen schon Fernunterricht über Internet, bevor die Maßnahmen der Regierung griffen. Ich erledigte die Einkäufe für sie und stellte den Einkauf vor ihrer Haustür ab.

Ich konnte Kims Angst vor einer Ansteckung verstehen, aber meine Tochter nur durch das Fenster zu sehen und nicht in den Arm nehmen zu dürfen, war sehr hart. Wir tauschten uns viel über das Telefon aus, schickten Bilder per WhatsApp hin und her, aber das war nicht dasselbe. Ich wollte sie im Arm halten.

Die Kinder standen oft am Fenster, meist schickte Katharina die Zwillinge nach oben in ihre Zimmer, wenn sie wusste, dass ich kam um den Einkauf zu bringen. Aber nach einer gefühlten Ewigkeit, huschten ihr die Kleinen doch durch die Tür und rannten mit lauten Oma - Rufen auf mich zu. Ich brachte es nicht fertig sie wegzuschicken und nahm sie in die Arme. Ich war gesund, hatte keinerlei Symptome und kam ja auch nicht viel mit anderen Menschen zusammen, außer eben bei den Einkäufen, aber da wurde ja ein großer Abstand eingehalten.

Wir kuschelten ausgiebig und dann durfte ich auch endlich Katharina mal wieder in meine Arme schließen.

Kim hatte sich von der Arbeit freistellen lassen, um bei Katharina und den Kindern sein zu können. Sie hatten die ersten Male mit ihm im Auto gewartet, während Katharina ihre Chemo bekam. Nun fuhr ich zu ihnen und passte auf die Kinder auf, wenn Kim mit Katharina zur Behandlung fuhr.

Nach der Chemo war sie sehr müde und schlief in den folgenden drei Tagen fast nur. Sie brauchte fast eine Woche um sich wieder einigermaßen davon zu erholen, aber dann war die nächste Chemo fällig. Jede Woche eine, zwölf Wochen lang.

Ihre langen roten Haare waren fort, sie trug eine Mütze und sah müde aus, obwohl es ihr soweit relativ gut ginge, meinte sie. Aber diese Isolation ging ihr langsam auf die Nerven. Sie war immer gerne aktiv und nun so dermaßen ausgebremst zu werden, machte ihr zusätzlich zu schaffen.

Ihr Vater übernahm in der Firma die Führung, kümmerte sich um die Bankgeschäfte und versprach, sich auch um das Finanzamt zu kümmern. Er rief allerdings weiterhin ständig bei ihr an, forderte Vorbereitungen für die Kunden von ihr an und holte sie dann von der Haustür ab. Das Katharina manchmal gar nicht dazu in der Lage war, kam ihm gar nicht in den Sinn. Er hätte mit dem Außendienst genug zu tun, meinte er. Meist kümmerte Kim sich, mit Katharinas Unterstützung, um die Erledigungen, um ihren Vater zufriedenzustellen.

Als die Coronamaßnahmen zum Sommer hin gelockert wurden, fuhren sie wieder mit dem Wohnwagen an die Ostsee. Es war schwierig für Katharina, denn durch die Chemo vertrug sie keine Sonne mehr. Die Spaziergänge am Strand mussten auf den Abend verschoben werden, tagsüber hielt sie sich meist im Wohnwagen auf.

Die Kinder gingen nach den Sommerferien wieder in die Schule und in den Kindergarten. Katharina bekam nun Antikörper, die sie fast noch schlechter vertrug als die Chemotherapie.

Sie ertrug es alles ohne jemals zu jammern und behielt, trotz aller Strapazen, ihren Humor.

Mit dem Herbst kamen die nächsten Coronabeschränkungen. Für Kim ein Glücksfall, denn so konnte er von Zuhause aus arbeiten. Die beiden „Großen" blieben im home scooling und die Kleinen durften in den Kindergarten.

Kurz vor Katharinas Geburtstag wurde ein Kindergartenkind mit Corona infiziert. Die Zwillinge mussten zum Test. Katharina erzählte, dass die Kinder vor den vermummten Menschen, die diese Tests durchführten, schreckliche Angst hatten. Als dann noch die Stäbchen in die Nasen geschoben wurden, war es vorbei. Sie hatten nur noch geschrien und Katharina konnte sie nicht mehr beruhigen.

Danach weigerten sie sich lange Zeit, sich untersuchen zu lassen. Die Termine beim Kinderarzt wurden zur Qual. Und auch, wenn Katharina nun zum Arzt musste, weinten die beiden. Der Arzt sollte auch bei Mama kein Aua machen. Es dauerte lange Zeit, bis Katharina sie davon überzeugt hatte, dass die Ärzte kein Aua bei ihrer Mama machen würden.

Der Test bei den Kleinen war negativ, trotzdem bekamen sie ein Schreiben vom Gesundheitsamt sich sofort in Häusliche Quarantäne zu begeben. Warum die Zwillinge sich dann trotzdem der Prozedur dieses Testes unterziehen mussten, blieb mir ein Rätsel.

Die Quarantäne fiel genau in den Geburtstag von Katharina. Wir wollten ihn feiern, wir hatten allen Grund dazu, denn inzwischen ging es Katharina wieder relativ gut. Sie hatte die Therapie soweit gut überstanden. Der Krebs in ihrer Brust hatte sich zurückgezogen und es war nur noch eine
Vernarbung sichtbar, an der Stelle, an der er gewesen war.

Ich durfte nicht zu ihr, auch nicht durch die Hintertür. Es war eine hohe Strafe angesetzt worden, falls gegen die Quarantänebeschränkungen verstoßen worden wäre. Und Katharina und Kim hatten Angst, dass jemand aus der Nachbarschaft die Polizei informieren könnte.

So standen wir vor der Pforte, Hugo, zwei ihrer Freundinnen und ich, und unterhielten uns aus großer Distanz.
Katharina blieb an der Haustür stehen.

Ich empfand diesen Zustand als grausam und hatte eine riesige Wut auf diese Regierung, die zu solchen Maßnahmen griff. Ich war gesund, Katharina und die Kinder waren gesund, und trotzdem durfte ich nicht zu ihr, um sie an ihrem Geburtstag in den Arm zu nehmen. Wir würden das alles nachholen, meinte sie, aber das wäre nicht dasselbe. Ich war wütend und hatte kein Verständnis für solche Entmündigungen. Ich war alt genug, selbst Entscheidungen zu treffen. So viele Jahre hatte ich tun müssen, was Katharinas Vater sagte. Ich hatte genug von Bevormundungen.

Katharina konnte nichts dafür, sie hatte Angst vor den Kosten, die auf sie zukommen könnten und ich respektierte es, aber Verständnis für diese Maßnahmen hatte ich nicht. Schließlich waren wir alle gesund und in meinen Augen war diese Quarantäne völlig überflüssig.

Weihnachten verbrachten wir wieder zusammen, dieses Mal sogar mit ihrem Vater. Die Coronabeschränkungen hatten wieder gegriffen, es durften nur je zwei Personen aus einem Haushalt zu Besuch kommen. Wir setzten uns darüber hinweg. Wir waren die Eltern von Katharina, und dass Hugo und ich nicht in einem Haushalt lebten, wusste von den Nachbarn hoffentlich niemand. Und eine Polizeikontrolle am Heiligen Abend würde es wohl nicht geben. Vorsichtshalber fuhr ich aber bei Hugo im Auto mit.

Es wurde ein anstrengender Weihnachtsabend. Kim hatte extra für Hugo Kartoffeln gekocht, er kümmerte sich jedes Jahr um das Weihnachtsessen, wir anderen aßen Kroketten zum Rotkohl. Hugo mochte keine Kroketten und schon gar nicht an Weihnachten.

Die Kinder mussten still sitzen am Tisch, sollten nicht so stopfen, Hände mit Seife waschen u.s.w. Ständig hatte er etwas zu kritisieren. Katharina war sichtlich genervt, sie wollte einfach nur einen entspannten Weihnachtsabend mit ihrer Familie verbringen, aber Hugo bewachte jeden Schritt ihrer Kinder.

Ich stieß ihn vorsichtig an, er solle nicht solchen Stress machen, dass die Kinder aufgeregt waren, war doch völlig normal. Er polterte sofort los, er würde keinen Stress machen, er würde nie Stress machen, ich sei nur zu empfindlich.

Er hatte sich überhaupt nicht verändert.

Katharina und ich setzten uns nach der Bescherung zu den Kindern unter den Baum, und Kim hielt uns für den Rest des Abends Hugo vom Leib.

Katharina hatte sich die Brust abnehmen lassen. Es wurden keine Krebszellen mehr gefunden und auch die Lymphknoten, die entfernt wurden, waren frei von Krebszellen. Wir atmeten erleichtert auf.
Einige Wochen später, als alles abgeheilt war, ließ sie sich auch die zweite Brust abnehmen. Sie wollte das Risiko nicht eingehen, dass irgendwann die zweite Seite betroffen sein könnte. Und da sie keinen Brustaufbau wollte, war es für sie angenehmer, die andere Seite anzugleichen. Sie hatte sich die Entscheidung gut überlegt und auch mit Kim besprochen, der sich schon von ihrer ersten Brust liebevoll verabschiedet hatte. Er tat es auch bei der zweiten und als Katharina mir davon erzählte, trieb es mir die Tränen in die Augen. Sie hatten ihre Kinder genährt und dafür war er ihnen dankbar, erzählte sie. Sie hatten ihren Dienst getan und er würde Katharinas Entscheidung mittragen. Er trug

überhaupt alles gemeinsam mit ihr. Einen besseren Mann an ihrer Seite konnte ich mir nicht vorstellen.

Bei ihrem ersten Kind, Louisa, hatte Katharina nach wenigen Wochen eine Brustentzündung und konnte auf einer Seite nicht mehr stillen. Ihre Hebamme hatte damals Kim ins Gebet genommen. Wenn Frauen Probleme mit dem Stillen hätten, wäre es meist ein Problem in der Partnerschaft, hatte sie gemeint. Katharina hatte ihr versichert, dass es nicht an dem wäre, aber stieß auf taube Ohren. Kim kümmerte sich rührend um Katharina und seine kleine Tochter. Das Problem war schon damals ihr Vater, der ständig ein und aus ging und sie nicht zur Ruhe kommen ließ.

Leider hatte sich daran auch noch nichts geändert.

Ich hatte mir angewöhnt, regelmäßig Karten zu legen. Als ich noch in Friedland wohnte, hatten mich die Karten gewarnt; Todesgefahr, Unfall. Ich nahm es nicht wirklich erst damals. Einige Wochen später hatte mein Auto einen Platten. Zum Glück war Ole gerade da und zog mir den Ersatzreifen auf. Der war allerdings nicht ganz in Ordnung, und so brauchte ich vorne zwei neue Reifen. Ich fuhr am nächsten Tag in der Werkstatt vor und machte einen Termin für einen Reifenwechsel aus.

Als der Wagen dann einige Tage später dort aufgebockt wurde, teilte man mir mit, dass sie den Wagen stilllegen müssten. Die Radaufhängungen vorne waren völlig durch, es bestand die Gefahr, dass sie brechen würden und mir der Wagen ungebremst gegen den nächsten Baum oder einen anderen PKW prallen könnte.
Ich fuhr mit dem Taxi nach Hause und jetzt machten die Karten, die ich gelegt hatte, plötzlich Sinn. Ich schien wirklich gute Schutzengel zu haben.

Nun sagten mir die Karten den materiellen Verlust durch eine Umweltkatastrophe oder Brand voraus, allerdings lagen diese Karten bei Ole. Bei mir lag die Karte; Ein Todesfall in der Familie und ich fegte sie vom Tisch.
Ich dachte natürlich sofort an Katharina und bekam Panik. Aber es ging ihr gut, die Karten könnten sich ja auch irren, versuchte ich mich zu beruhigen.

Sie irrten sich nicht, einige Wochen später bekam ich einen Anruf von meiner Schwägerin. Mein Bruder war gestorben. Ich wusste, dass er krank war und hätte ihn gerne besucht, aber er wohnte in einem anderen Bundesland und die Fahrt dorthin war während der Coronazeit verboten.

Meine Schwester Silka und ich beschlossen trotzdem, jedenfalls zur Beerdigung zu fahren. Wir hofften, mit ihrem Firmenauto durchzukommen. Wie sollten wir uns sonst von unserem Bruder verabschieden können?

Wir kamen zum Glück auch ohne Probleme durch, tranken nach der Beisetzung noch einen Kaffee bei unserer Schwägerin, was eigentlich auch verboten war, und fuhren danach wieder zurück. Dankbar, dass wir problemlos durchgekommen waren und uns so jedenfalls verabschieden konnten.

Karten legte ich aber erst einmal nicht wieder.

Katharina hatte während der Chemo eine Histaminintoleranz entwickelt und vertrug nur noch wenige Nahrungsmittel. Sie hatte furchtbar abgenommen und sprach es einige Male in der Klinik an, aber die hielten es für undenkbar.

Das ihre Haut ständig juckte und sie unter ständigen Durchfällen litt, hielten sie lediglich für eine Nebenwirkung der Chemo und Antikörperbehandlung. Katharina informierte sich im Internet darüber und ließ alle histaminhaltigen Nahrungsmittel weg. Es dauerte nur wenige Tage, bis sich ihr Magen und die Haut beruhigt hatten.

Wir wollten nun auch unbedingt eine Familienaufstellung machen um herauszufinden, warum sie diesen Krebs bekommen hatte, aber die Coronamaßnahmen ließen es nicht zu.

Wir mussten damit warten.

Der nächste Sommer kam und Katharina hatte sich gut erholt. Der Alltag hatte uns wieder und es sollte endlich wieder Normalität eintreten.

Mitte August, die Geschäfte hatten in der Coronazeit endlich mal wieder geöffnet, wollte Katharina zu Ikea. Sie brauchte ein paar Regale für eines der Kinderzimmer. Wir hatten heftigen Regen, die Pferde hatte ich alle in den Stall gebracht und ich hatte ihr angeboten mitzukommen. Ole war am Vortag gekommen, war aber unterwegs und würde erst gegen Nachmittag zurück sein. Ich hatte nicht viel zu tun, und ein Bummel durch Ikea war eine willkommene Abwechselung. Außerdem hatten wir wieder mal Zeit für uns.

Wir waren gerade auf dem Rückweg, als mein Handy klingelte. Meine Nachbarin von gegenüber war am Telefon. Das Haus würde brennen, meinte sie und ich dachte erst, sie sei falsch verbunden. Irgendwelche Leute hätten die Pferde schon aus dem Stall gelassen und die Feuerwehr sei informiert. Mein Hund, schoss es mir in den

Kopf, mein Hund ist im Haus. Ich bat sie rüberzulaufen und die Tür zur Waschküche zu öffnen, damit der Hund rauslaufen könne. Katharina schimpfte immer, weil ich meine Türen nie verschloss, wenn ich wegfuhr. Das war jetzt ein Segen. Darja kam aus Russland, sie war Menschen gegenüber sehr scheu, aber ich hoffte das sie durch die offene Tür nach draußen laufen und sich nicht im Haus verstecken würde.

Wir brauchten noch eine gute halbe Stunde und versuchten ruhig zu bleiben. Jetzt kopflos zu werden und womöglich noch einen Unfall zu bauen, hätte uns gerade noch gefehlt. Katharina informierte Kim, er war zum Glück im Home Office und ich rief Ole an. Er war ebenfalls auf dem Rückweg, würde aber noch etwas länger brauchen.

Als wir am Hof ankamen, war die Straße bereits komplett gesperrt und das Haus stand in Flammen. Es wimmelte von Feuerwehrleuten und Fahrzeugen. Ich lief an ihnen vorbei und hinter das Haus zur Waschküchentür. Sie stand offen, von Darja war nichts zu sehen.

Ich ließ das Haus, Haus sein, hier konnte ich eh nichts tun und machte mich mit Katharina auf die Suche nach meinem Hund. Die Pferde waren alle aus dem Stall, sie waren auf die Koppel gelaufen. Bei ihnen war soweit alles in Ordnung. Wir liefen die Koppeln ab, den Plattenweg hinter dem Hof, durch den angrenzenden Wald, keine Spur von meinem Hund. So sehr ich auch rief und pfiff, sie war nirgends zu sehen. Von den Feuerwehrleuten hatte sie auch niemand gesehen. Als ich zur Waschküchentür gelaufen war, war im Haus vor lauter Qualm nichts mehr zu sehen gewesen. Wenn Darja sich im Haus befand, war sie erstickt, das war mir klar. Einer der Feuerwehrmänner machte mir da auch keinerlei Hoffnung, aber er meinte er wäre im Haus gewesen und hätte geschaut, ob sich jemand im Haus befände. Er hätte keinen Hund gesehen. Ich hoffte das sie sich irgendwo draußen versteckt hielt und sich nicht unter meinem Bett verkrochen hatte.

Ole kam und registrierte wohl erst beim Anblick des Hauses, was ich ihm am Telefon versucht hatte zu erklären. Am Telefon hatte er es scheinbar gar nicht richtig verstanden.

Ich war mit Katharina gerade wieder zurück zum Hof gegangen, als Ole dort stand. Ich sagte ihm das ich meinen Hund gesucht hätte, aber Darja verschwunden sei.
Er fand es zwar schrecklich, aber seine Sorge galt mehr seinem Werkzeug. Er hatte seine Werkstatt im Haus und hatte Angst, dass sein gesamtes Werkzeug vernichtet werden könnte. Er bat einen der Männer vorsichtig beim Löschen zu sein, noch war das Feuer nicht zur Werkstatt durchgedrungen und er hoffte, dass sein Werkzeug erhalten blieb.

Ich war fassungslos. Meine Wohnung stand in Flammen, meine gesamte Existenz ging gerade in Flammen auf, mein Hund war verschwunden und er sorgte sich um sein Werkzeug. Das hätte viel Geld gekostet, meinte er.

Hugo war ebenfalls gekommen, keine Ahnung, wer ihn informiert hatte, aber er fuhr später kurz weg und kam mit Getränken und frischen Brötchen wieder.

Es war inzwischen Nachmittag geworden, Ole war zu Holger, unserem Nachbarn, rüber gegangen und hatte dort etwas gegessen, Katharina und ich machten uns immer wieder auf die Suche nach Darja. Essen konnte ich jetzt nichts.

Ich rief meine Freundin Ria an und bat sie zu helfen. Ich war nicht in der Lage Darja jetzt Energie zu schicken, aber Ria versprach sich sofort darum zu kümmern. Sie wollte ihr Reiki schicken und ihre geistigen Helfer um Hilfe bitten.

Eine halbe Stunde später stand Darja plötzlich mitten auf dem Hofplatz. Zwischen all dem Trubel, den Feuerwehrleuten, die noch immer damit beschäftigt waren den Brand unter Kontrolle zu bringen, suchte sie auf dem Hof nach mir. Ich nahm sie in den Arm und weinte vor Erleichterung. Wir setzten uns in die Scheune und aßen die Brötchen, die Hugo mitgebracht hatte.

Wir brachten Darja dann zu Katharina nach Hause, damit sie zur Ruhe kommen konnte. Ich fuhr gegen Abend wieder zurück zum Hof, die Löscharbeiten waren noch immer nicht abgeschlossen und würden vermutlich die ganze Nacht noch andauern.

Mein Arbeitszimmer, dass sich in der Mitte des Hauses befand, war inzwischen auch kaum mehr erkennbar. Ich dachte an den neuen Orgonstrahler, den ich mir vor kurzen erst gekauft hatte, samt Zusatzgeräten und der sich natürlich im Arbeitszimmer befand. Ich hatte ihn mir angeschafft, als Katharina ihre Krebsdiagnose erhalten hatte. Ich konnte damit Medikamente austesten und auch energetisch auf Menschen oder Tiere übertragen. Außerdem hatte ich einen Umschlag mit vierhundert Euro, die ich in den letzten Monaten eisern gespart hatte, im Regal im Arbeitszimmer liegen. Dies und meine ganzen Bücher waren jetzt Opfer des Löschwassers geworden. Und eine Versicherung hatte ich nie haben wollen.

Aber egal, ich war dankbar, dass die Pferde und mein Hund wohlauf waren.

Und Katharina ging es auch wieder gut, alles Andere war nicht wichtig.

Für Katharina und Kim war es selbstverständlich, dass Ole und ich bei ihnen schlafen würden. Ole wollte erst am nächsten Tag zurück nach Polen, er musste erst dafür sorgen, dass ich Wasser für die Pferde bekam.

Katharina war noch am selben Abend losgefahren um mir Unterwäsche zu besorgen. Als ich am späten Abend mit Ole zu ihr kam, hatte sie schon alles gewaschen und getrocknet. Soweit hatte ich noch gar nicht gedacht, ich hätte nach dem Duschen nicht einmal mehr frische Wäsche zum Wechseln gehabt.

Irgendwie war es schon makaber, ich war mit Katharina bei Ikea, hatte mir von dort zwei neue Kopfkissen und Geschirrtücher mitgenommen und nun hatte ich weder ein Bett noch eine Küche.

Trotzdem war ich unendlich dankbar dafür, dass es tagsüber passiert war, alle Pferde und mein Hund in Sicherheit gebracht werden konnten und niemandem etwas passiert war.

Die Löscharbeiten dauerten noch die ganze Nacht an. Es loderte immer wieder ein neuer Brandherd auf, und erst gegen Morgen war der Spuk endlich ganz vorbei, und wir bekamen die Erlaubnis, das Haus kurz zu betreten um zu schauen, ob noch etwas zu retten war.

Es war ein Bild der Verwüstung. Das Dach war nicht mehr vorhanden, mein Wohnzimmer existierte nur noch in

meiner Erinnerung und die Küche war ein Trümmerhaufen.
In meinem angrenzenden Arbeitszimmer stand in der Mitte
ein kleiner Tisch. Ich hatte erst wenige Tage vor dem
Brand eine Vase mit drei Sonnenblumen darauf gestellt.
Das Zimmer war verwüstet, aber der Tisch in der Mitte
stand noch und auf ihm die drei Sonnenblumen.
Die Dachkonstruktion war in das Zimmer gebrochen, aber
lag um die Vase herum. Die Sonnenblumen standen völlig
unberührt in ihrer Vase und blühten weiter. Für mich wie
ein Wunder.

Mein Orgonstrahler stand noch immer an seinem Platz,
auch er war unversehrt. Die Vitrine, in der ich meine
ganzen Homöopathischen Mittel aufbewahrte, war ebenso
verschont geblieben und der Umschlag mit den
Ersparnissen lag noch immer im Regal. Die meisten
Bücher waren durch das Löschwasser aus den Regalen
gespült worden, aber der Umschlag lag noch immer an
seinem Platz.

Unvorstellbar, hier musste ein Schutzengel seine Hände
schützend darüber gelegt haben.

Ole fuhr nachmittags wieder nach Polen zurück, er hatte
für eine Wasserversorgung für die Pferde gesorgt. Mehr
gab es im Moment für ihn nicht zu tun. Wir sollten alles in
dem Zustand lassen, bis die Brandursache geklärt sein
würde.

Ich dachte an die Karten, die ich vor einiger Zeit gelegt
hatte. Der Verlust lag bei Ole, und ich dachte damals an
sein Haus in Polen. Aber verhindern hätte ich es auch nicht
können, wenn ich gewusst hätte, dass dieser Hof gemeint
war.

Katharina nahm wie selbstverständlich die Zügel in die Hand. Sie organisierte im Familien- und Freundeskreis eine Spendenaktion, übernahm die Korrespondenz mit der Versicherung und bestellte eine mobile Toilette für mich.

Sie wollte auch einen Wohnwagen für mich besorgen und lieh sich das Geld von Freunden dafür. Sobald ich wieder eine Wohnung hätte, sollte er wieder verkauft werden und das Geld zurückgegeben werden.

Ole hatte versprochen, so schnell wie möglich eine Wohnmöglichkeit für mich zu schaffen, seine Pferde mussten ja auch weiterhin von mir versorgt werden.

Er schaute sich ebenfalls nach einem Wohnwagen für mich um. Aber Katharina war sich sicher, dass Ole mit einem „Schrottteil", wie sie es nannte, ankommen würde und wollte schneller sein als er.

Kim schimpfte, sie würde Ruhe brauchen und solle sich erholen, aber Katharina meinte, es wäre für sie viel mehr Stress, wenn sie nichts unternehmen dürfte.

Das war so typisch für sie. Schon als Kind war sie ständig um mein Wohlergehen besorgt. Ich hatte oft gesagt, dass sie in unserem letzten Leben meine Mutter gewesen sein müsste. Wir hatten oft irgendwie vertauschte Rollen. Aber sie war nicht nur bei mir so. Es war egal, wer Hilfe brauchte, sie war immer sofort zur Stelle. Es war ihre selbstlose Art, sie gab und schenkte aus dem Herzen heraus und erwartete nicht einmal Dankbarkeit. Es machte ihr einfach Freude, anderen zu helfen und für sie da zu sein. Sie wurde für ihre Art geliebt und bekam viel zurück, aber sie selbst sah sich immer in einem ganz anderen Licht.

Sie erzählte mir später einmal, dass sie sich in ihrem neuen Haus zu Beginn gar nicht getraut hatte, die Tür zu öffnen, wenn es geklingelt hatte. Sie hatte das Gefühl, dem Haus nicht würdig genug zu sein. Sie fühlte sich nicht gut genug für dieses schöne Haus. Und dass sie sich geschämt hatte, in so einem Haus zu wohnen, während ich in solch einer Bruchbude wohnte.

Ich hatte ihr so oft gesagt, dass ich für mein Leben selbst verantwortlich sei und es meine Entscheidung wäre, wo ich wohnen würde. Und ich hatte mich riesig darüber gefreut, dass sie dieses schöne Haus bekommen hatten. Wenn nicht sie, wer dann sollte es verdient haben, in diesem schönen Haus zu leben.

Als Kind hatte ich ihr schon oft gesagt, dass ich sie lieben würde, egal was sie tat oder sagen würde. Es gäbe nichts, was mich daran hindern würde sie zu lieben. Sie könne mich anlügen, anschreien oder was auch immer, lieben würde ich sie trotzdem. Warum konnte sie sich selbst nicht so sehen, so lieben?

War es wegen ihrem Vater, der ihr als Teenager oft gesagt hatte, er wolle sie eintauschen? Sie war oft genervt von ihm gewesen während der Pubertät und wurde etwas ungehalten ihm gegenüber. Nie wirklich frech oder vorlaut, nur etwas ungehalten. Das hatte ihn dazu veranlasst, ihr bei jeder sich bietenden Gelegenheit zu sagen, dass er sie gegen eine ihrer Freundinnen eintauschen würde. Sie wären lieber und viel umgänglicher als sie, meinte er zu ihr. Ich hatte ihr versichert, dass er sie damit nur ärgern würde, aber vielleicht hatte es sie viel mehr verletzt als ich dachte. Sie war immer schon sehr sensibel und feinfühlig.

Jedenfalls setzte sie nun alles daran, mir einen schönen und trockenen Wohnwagen zu besorgen. Kim sah ein, dass er ihr keinen Gefallen damit tun würde, es ihr zu untersagen und war ihr behilflich dabei. Sie schauten sich einige an und ich verließ mich darauf, dass Katharina mir den richtigen aussuchen würde. Ich brauchte ihn vorher nicht ansehen, sie kannte meinen Geschmack nur zu gut.

Es dauerte keine drei Wochen, da stand ein schöner großer Wohnwagen für mich auf dem Hof.
Kim und sie hatten einen ausfindig gemacht, aus erster Hand und sehr gepflegt. Von innen eine perfekte Aufteilung mit Doppelbett und langer Anrichte. So konnte ich sogar meinen Orgonstrahler, der den Brand überlebt hatte, wieder platzieren und damit arbeiten.

Jetzt, wo ich einen Wohnwagen hatte, wollte Ole ganz schnell eine Wohnung fertig machen, damit ich noch vor dem Winter zumindest ein Bad und zwei Zimmer im Haus bewohnen könnte. Er hatte genaue Vorstellungen, wie es zu machen wäre, und hatte noch genug Baumaterial in Polen liegen. Und den Holzofen könne er ganz schnell wieder   installieren, meinte er.

Die Versicherung hatte nach einigen Wochen das Haus freigegeben, der Brand wurde vermutlich von einem Marder, der ein Stromkabel angeknabbert hatte, verursacht.

Wir konnten mit den Aufräumarbeiten beginnen, allerdings ließ die Zahlung auf sich warten. Erst kurz vor Jahresende erklärte sich die Versicherung bereit zu zahlen. Allerdings deutlich weniger, als Ole erhofft hatte. Er hatte den Vertrag beim Kauf des Hofes vom Vorbesitzer übernommen.
Oben auf dem Boden lag noch altes Heu, für die Isolierung ganz nützlich, aber es war nicht im Vertrag vermerkt.
Somit hatte er eine zu geringe Prämie gezahlt, und der

Vertrag war nicht gültig, weil er verschwiegen hatte, dass auf dem Boden Heu gelagert wurde.

Daran hatte natürlich niemand gedacht, und Ole hatte immer davon gesprochen, den Boden auszuräumen. Es war ja auch der ganze Müll der Vorbesitzer noch dort gelagert.

Ole einigte sich mit der Versicherung und wir waren froh, dass es nicht zu einem Rechtsstreit kommen musste.

Nun drängte Ole darauf, zwei seiner älteren Zuchtstuten zu verkaufen und auch der junge Wallach, der Sohn meiner Grand Madame Donette, sollte noch vor dem Winter verkauft werden. Die beiden Stuten wollte ich schon länger verkaufen, aber Ole forderte immer zu viel Geld für sie. Der Pferdemarkt war komplett eingebrochen, die Preise im Keller, und da die Stuten nicht eingeritten waren und auch nicht mehr so ganz jung, hatte ich sie gar nicht erst angeboten.

Mit Do It, dem jungen Wallach, hatte ich über Sommer viel gearbeitet, und er war mir sehr ans Herz gewachsen. Ich war damals bei seiner Geburt dabei gewesen und wir hatten ein inniges Verhältnis zueinander. Vielleicht war er für mich auch besonders, weil sich seine Schwester einige Jahre vorher während ihrer Ausbildung im Reitstall das Bein gebrochen hatte und eingeschläfert werden musste.

Ich schrieb unsere Pferdeostheopathin Barbara an. Sie kannte Do It, hatte ihn erst wenige Wochen vorher behandelt und war begeistert von ihm. Sie kam viel herum und ich hoffte, dass sie jemanden kennen würde, der die Stuten oder den Do It nehmen würde.

Es dauerte nur wenige Tage, da bekam ich einen Anruf. Barbara hatte das Video, dass ich ihr von den drei Pferden geschickt hatte, an jemanden weitergegeben. Er war auf der Suche nach einer Zuchtstute, hatte das Video gesehen und sich sofort in eine der Stuten verliebt und auch in den Do It.

Mario kam mit einer Freundin vorbei und schaute sich die Pferde an. Ich wollte die Stuten ungern trennen, sie waren seit Jahren zusammen und hingen aneinander. Do It lief mit ihnen zusammen auf der Koppel, und die drei verstanden sich super. Mario und seine Freundin beschlossen alle drei zu kaufen. Was für ein Glücksfall. Mario suchte für seine Tochter noch ein gutes Turnierpferd, und Do It war ein Traum von Pferd. Die beiden Stuten sollten gedeckt werden und noch ein oder zwei Fohlen bei ihm bekommen, bevor sie in Rente gehen sollten. Er hatte einen eigenen Hof und Platz genug. Seine Freundin freute sich darauf, mit den   Stuten vom Boden aus arbeiten zu können. Reiten war nicht so ihr Ding.

So zogen die drei im Herbst um und ich begleitete ihren Umzug in ihre neue Heimat. Sie fühlten sich von Anfang an wohl dort, ich war erleichtert.

Der Herbst war schön und trocken, ich hatte noch immer die Hoffnung, dass Ole mir zumindest ein Bad einrichten würde. Er hatte mir gesagt, dass er das ganz schnell machen könne und auch dafür sorgen würde, dass ich heißes Wasser hätte. Ich musste ja noch immer zu Katharina fahren, wenn ich duschen wollte. Die Coronabeschränkungen untersagten aber inzwischen wieder sämtliche Kontakte. Mein Wohnwagen hatte keine Dusche, ich machte mir also heißes Wasser in einer Schüssel und wusch mich so, auch die Haare, was nicht so ganz einfach war. Und die mobile   Toilette draußen wurde bald einfach zu kalt. Ich bestellte sie im November wieder ab und nutzte jetzt doch die Toilette im Wohnwagen. Entsorgen konnte ich sie im Haus in der Toilette, Wasser zum Nachspülen holte ich aus dem Stall.

Ole kam regelmäßig, übernachtete mit im Wohnwagen, redete viel und unternahm nichts.

Einmal fragte er mich, ob ich bei Katharina übernachten würde, wenn er zwei Arbeiter mitbringen würde, die auf dem Hof arbeiten sollten. Nur für ein paar Tage, sie könnten dann in meinem Wohnwagen schlafen. Es würden ja keine Ferienwohnungen zu mieten sein, war seine Begründung. Ich war ziemlich schockiert. Allein die Idee zu haben, dass ich meinen Wohnwagen räumen solle für seine Arbeiter, war wie ein Schlag ins Gesicht. Manchmal verstand ich Ole wirklich nicht. Ich hatte fast alles verloren und dieser Wohnwagen war jetzt alles, was ich hatte, und er hatte geglaubt dass ich fremde Männer so einfach in meinem Bett schlafen lassen würde?

„Ich habe mir schon gedacht, dass du das nicht möchtest, Anna." Warum hatte er mich dann überhaupt erst gefragt.

Do It und die Stuten waren seit ein paar Wochen umgezogen, und ich war zu Mario gefahren, um ihnen einen Besuch abzustatten. Simone, sie ritt regelmäßig eine meiner beiden Stuten, ließ die verbliebenen fünf Stuten gegen Abend für mich in den Stall. Sie hatte mir eine Nachricht geschickt, Donette hätte sich im Stall sofort hingelegt und würde auch jetzt, eine Stunde später, noch immer liegen. Das war sehr ungewöhnlich und ich schaute sofort nach meiner Rückkehr nach ihr. Sie lag noch immer, zwar ruhig, aber irgendetwas stimmte nicht. Ich gab ihr vorsichtshalber Medizin gegen Bauchweh, wartete einige Zeit und nahm sie dann raus aus dem Stall, um sie herumzuführen. Sie hatte viel Luft im Bauch, war aufgebläht. Es ging durch die Bewegung nur wenig Luft ab, die Medizin zeigte keine ausreichende Wirkung, sie hätte schon längst Kot abgesetzt haben müssen. Ich rief den Tierarzt und danach Ole an. Donette war auch seine Grand Madame, ich wusste, wie viel ihm diese Stute bedeutete und hoffte, dass er sich aus Polen auf den Weg zu ihr machen würde.

Es war inzwischen fast 20:00 Uhr, Ole wollte nicht kommen, ich solle ihn anrufen und auf dem Laufenden halten.

Donette bekam eine Spritze zur Krampflösung, sie hatte eine Kolik, und eine weitere Spritze gegen Schmerzen, die sie sicherlich hatte, aber nicht wirklich zeigte. Das hatte bei ihr allerdings auch wenig Bedeutung. Ich kannte Donette seit vielen Jahren, sie war eine Kämpferin und besaß eine unglaubliche Stärke.

Als die Wirkung der Schmerzspritze nachließ, begann sie mit den Vorderhufen zu scharren. Kot hatte sie nur sehr wenig abgesetzt. Der Tierarzt kam noch einmal, Einlauf, Infusionen, Spritzen. Ihr Kreislauf war stabil, aber sie war noch immer sehr aufgebläht. Ich rief Ole mehrfach an, ich hoffte auf seine Unterstützung, aber er kam nicht. Ich war wieder mal allein, führte Donette immer wieder nach draußen, versuchte sie in Bewegung zu halten.

Der Tierarzt kam alle zwei Stunden, bis nachts um 02:00 Uhr. Dann bat ich ihn, Donette zu erlösen. Ich wusste, dass ich gegen ihren Willen handelte, sie hätte weiter gekämpft, aber es zeigte sich keinerlei Besserung, im Gegenteil.

Ich wollte ihr weitere Schmerzen ersparen und nicht den gleichen Fehler machen wie damals mit Fredericke, die auf dem OP Tisch gestorben war, nachdem sie höllische Schmerzen durch ihren Darmverschluss erlitten hatte.

Donettte war 27 Jahre alt geworden.

Ole kam erst am nächsten Vormittag, um alles weitere in die Wege zu leiten.

Das wäre wohl ein großer Schock für mich gewesen, meinte er.

Ich weiß nicht, wer die Idee hatte, aber da sich auf dem Hof überhaupt nichts tat und Ole keinerlei Anstalten machte, irgendwie neuen Wohnraum für mich zu schaffen, entstand die Idee, dass ich wieder zurückkehren sollte auf den Hof, auf dem ich früher so viele Jahre gelebt hatte, und der ja nun Katharina gehörte.

Ole hatte zwar inzwischen einen alten Wohnwagen auf den Hof gestellt, für die Arbeiter, die kommen sollten, die aber nie kamen.

Auf dem Hof von Katharina, er war nur wenige Häuser weiter, wurde oft eingebrochen. Sie hatte durch Zufall bei Facebook ein Video entdeckt. Lost Places war wohl ein neuer Trend. Jedenfalls waren Leute auf dem Hof gewesen, in die Halle eingebrochen und hatten das Videomaterial ins Internet gestellt. Katharina hatte daraufhin Anzeige erstattet und der Film musste bei Facebook wieder gelöscht werden. Allerdings bekam ich nur wenige Wochen später einen Anruf von meiner ehemaligen Schulfreundin. Ihr Schwager war auf einer Oldtimer Seite unterwegs gewesen und hatte unsere Halle dabei entdeckt. Er war vor Jahren einmal hier gewesen, als sie bei mir, noch auf dem Hof von Ole, zu Besuch waren. Es gab also ein weiteres Video im Internet und deren Herausgeber konnte, lt. Polizei, nicht ermittelt werden. Sie hatten die ganzen alten Autos, die Hugo in der Halle stehen hatte, den ganzen Müll und Schrott gefilmt, inklusive der Außenanlage und dem Haus. Mir wurde schlecht, als ich den Link, der mir geschickt wurde, öffnete.

Hugo wollte auf dem Hof das alte Haus, das nur noch eine Ruine war, abreißen und ein neues Haus dort bauen lassen. Vielleicht wäre es gut, wenn ich dann dort wohnen würde und ein Auge auf das Grundstück hätte.

Mir würde ein kleines Haus reichen, eine kleine Holzhütte oder ein Tinyhaus.

Ich schaute im Internet nach Tinyhäusern und entdeckte dabei mobile Wohnheime. Die konnten einfach aufgestellt werden, wurden aber fest angeschlossen an die Wasser und Abwasserversorgung. Damit hätte ich wieder ein richtiges Wohn- und Schlafzimmer und auch eine Küche. Mehr brauchte ich ja nicht.

Ich zeigte Katharina die Seite im Internet und sie und Kim waren begeistert. Und auch Hugo war Feuer und Flamme und wollte es bezahlen. Er sei mir das schuldig, meinte er.

Schuldig war er mir tatsächlich einiges, er hatte mir meine Jugend gestohlen und mich zu seiner Leibeigenen gemacht. Als ich nach zwanzig Jahren die Tür hinter mir zuschlug, stand ich mit nichts in der Tasche da und begann bei Null. Aber es hatte mich stark gemacht, noch einmal würde ich mich in keine Abhängigkeit von ihm begeben, und das machte ich ihm auch deutlich klar. Für dieses Wohnheim würde er von mir keinerlei Gegenleistung erwarten können.

Wir, Kim, Hugo und ich, fuhren Richtung Holländische Grenze und schauten uns dort einige Wohnheime an. Im Internet hatte ich schon eines gesehen, das mir sofort gefiel. Es war von innen und außen sehr verspielt, nicht so gradlinig wie die anderen. Hugo wollte kein Gebrauchtes kaufen, meinte er, es sollte unbedingt ein neues sein. Mir gefielen die neuen Mobile aber nicht, für mich hatten sie keinerlei Ausstrahlung, ich fühlte mich auch in Neubauten nie wohl, und der Preis war mir auch viel zu hoch. Dafür hätten wir auch eine nette kleine Holzhütte bauen können.

Als ich mir das Wohnheim ansah, dass mir im Internet schon so gefallen hatte, wusste ich, dass es dieses sein sollte. Es traf genau meinen Geschmack und da Hugo auch davon begeistert war, brauchte ich, obwohl es schon einige Jahre zählte, keine Überredungskunst mehr. Dieses Mobilheim sollte es sein.

Allerdings benötigten wir für die Aufstellung eine Baugenehmigung, und die gestaltete sich schwieriger als erwartet.

Wir sollten nur eine innerhalb des Baufensters bekommen, was bedeutete, wir durften nur direkt neben dem Haus, welches noch abgerissen werden sollte oder neben dem Pferdestall aufstellen. Beides kam für mich nicht infrage. Ich wollte auf keinen Fall so dicht an der Straße oder am Haus wohnen, ich wollte den Blick ins Grüne und meine Abgeschiedenheit. Vor allem auch mein eigenes Revier, welches ich nicht bereit war mit Hugo zu teilen, sollte er tatsächlich das Wohnhaus dort bauen.

Die einzige Möglichkeit war, das Wohnheim in die vorhandene Halle zu stellen, und als meine Freundin mir während unseres Telefongespräches erzählte, sie hätte vor einiger Zeit erst einen Beitrag gesehen, in dem eine Familie ein Gewächshaus um ihr Holzhaus gebaut hätte, war die Idee dazu geboren.

Die Halle musste eh neu eingedeckt werden, es war von der Dachverkleidung nicht mehr viel übrig.

Wir beschlossen also, die Halle rundherum mit Lichtplatten zu versehen und eine Art Gewächshaus daraus zu machen.

Zuvor allerdings musste der ganze Müll und Schrott aus der Halle entfernt werden. Vorher war es gar nicht möglich, eine Baufirma für einen Kostenvoranschlag kommen zu lassen.

Katharina war glücklich, für sie war es fast wie eine Aufarbeitung ihrer Kindheit. Sie freute sich für mich, freute sich, mir wieder ein Zuhause ermöglichen zu können, es war jetzt ja ihr Hof, auf dem ich wohnen würde. Und ich würde im Wohnheim eine Heizung und eine richtige Küche haben, meinte sie. Ohne dass es durch das Dach regnen würde, ohne dass ich Holz sägen müsste, und meine Pferde hätten einen guten Stall und trockene Weiden.

Wir machten uns gemeinsam an die Arbeit, Hugo und ich, und wurden von Katharina, sofern sie Zeit hatte, unterstützt.

Die Gespräche mit Hugo waren anstrengend, er versuchte ständig, die vergangenen Zeiten wieder aufleben zu lassen und hatte eine vollkommen andere Sichtweise auf unsere gemeinsame Vergangenheit. Er hätte doch damals alles für mich getan, meinte er, hatte mir die Reiki Kurse ermöglicht, die Ausbildung zur Tierheilpraktikerin finanziert, diesen Hof nur für mich gestaltet u.s.w. Wir hätten eine so schöne Beziehung gehabt, meinte er, und er verstand noch immer nicht, was damals in mich gefahren war, ihn zu verlassen.

Als ich ihm sagte, dass meine Erinnerung an die Jahre mit ihm eine ganz andere sei, war ich wieder negativ und sah nur das Schlechte, weil ich das Schlechte sehen wollte. Er selbst sei ein durch und durch positiver Mensch und hätte nur positive Erinnerungen an die Jahre mit mir.
Er war glücklich mit mir. Ich musste lachen, dass er mit mir glücklich war, konnte ich mir gut vorstellen. Ich sagte damals ja auch zu allem Ja und Amen, genau das, was er brauchte, um sich stark zu fühlen.

Trotzdem kamen wir ganz gut voran. Hugo hatte den Anhänger von seinem Nachbarn geliehen, und der wurde einige Male vollgepackt mit Müll für die Mülldeponie. Große Metallteile wurden vom Bauern mit dem Trecker erst einmal auf den großen Reitplatz gefahren und später von Ole mit seinem LKW zum Schrotthandel gebracht.

Nach einigen Wochen war die Halle leer und eine Baufirma konnte ein Angebot zur Neueindeckung machen. Ein Blechdach lehnte ich ab, es würde bei Regen viel zu laut werden, war meine Befürchtung und so wurde bald begonnen alles mit Lichtplatten neu zu verkleiden.

Auf der Baustelle war schon nach wenigen Tagen
eine   richtig miese Stimmung. Ich fuhr öfter rüber
und schaute etwas zu, aber die Stimmung dort war
bald eindeutig auf einem Tiefpunkt.

Hugo spielte sich auf, als wäre er sonst wer.
Ständig musste der Chef der Baufirma erscheinen,
damit er seine Beschwerden loswerden konnte.
Statt mit den Männern vernünftig zu reden, zitierte
er den Chef herbei und beschwerte sich im Beisein
der Arbeiter über sie. Er würde sie schließlich
bezahlen und dann hätten sie seinen Anweisungen
auch Folge zu leisten. Es gab viel Stress, einige
Ideen, die er durchsetzen wollte, waren einfach
absurd oder ließen sich nicht durchführen.

Das Problem war, dass Hugo von den meisten Dingen
einfach keine Ahnung hatte und lediglich seinen Willen
durchsetzen wollte. Wenn die Arbeiter ihm dann erklären
wollten, dass eine Umsetzung, aus welchen Gründen auch
immer, nicht möglich wäre, wurde er unverschämt und
beschimpfte die Arbeiter, sie seien nur zu faul oder
unfähig.

Entsprechend zogen sich die Arbeiten hin, weil einige sich
bald weigerten, weiterhin die Baustelle zu betreten und
lieber anderswo eingesetzt werden wollten.

Nachdem es dann nach wenigen Wochen komplett
eskalierte, waren nur noch zwei junge Männer bereit, die
Arbeiten zu beenden. Hugo hatte einen der älteren Männer
beschimpft, ob er Probleme mit seiner Frau hätte oder
warum er nicht in der Lage wäre, eine ordentliche Arbeit
zu machen. Dem Herren ist daraufhin der Geduldsfaden
gerissen, er beschimpfte Hugo als arroganten Idioten,
worauf Hugo ihn ein Arschloch nannte und ihn anbrüllte,

er solle die Baustelle sofort verlassen. Das war morgens um zehn Uhr und hatte zur Folge, dass der gesamte Trupp die Baustelle räumte und verließ.

Ich war mir nicht sicher, ob Hugo diesen Streit nicht ganz bewusst heraufbeschworen hatte. Es waren ihm zu viele Arbeiter auf dem Hof, er hatte sie nicht alle unter Kontrolle.
Einen der Arbeiter hatte er dabei erwischt, wie er in der Pause zum Haus gegangen war und versuchte, durch eines der Fenster zu sehen. Ich solle darauf achten, meinte er zu mir, dass die Männer an der Halle bleiben würden und nicht um das Haus schlichen. Wenn sie durch die Fenster schauen würden, hätten sie wohl einen anderen Eindruck von ihrem Auftraggeber bekommen, soviel war klar. Das Haus war ja noch immer voller Müll.

Hätten die beiden jungen Männer sich nicht nach zwei Wochen Baustellenstillstand bereit erklärt, die Arbeiten weiter zu machen, hätte Hugo eine neue Firma beauftragen müssen, und er war ja schon lange als schwieriger Kunde bei sämtlichen Firmen in der Umgebung bekannt. Ich hatte Sorge, dass die Halle nicht fertig gestellt werden würde.

Bei Ole auf dem Hof tat sich weiterhin nichts.
Unsere Beziehung hing am seidenen Faden, aber davon merkte Ole scheinbar nichts. Dass ich mich immer weiter von ihm zurückzog, entging ihm scheinbar, oder er wollte es nicht sehen.

Dann wurde eines meiner Ponys sehr krank, und ich wusste eine Zeitlang nicht mehr, wie ich sie noch behandeln sollte, weil nichts wirklich half. Katharina und ich waren noch einige Male mit ihr ausreiten gewesen. Das letzte Mal war Katharina auf dem Rückweg schon abgestiegen, weil Mary stolperte und sehr schwitzte. Sie hatte offenbar Schmerzen. Ich gab ihr Medizin gegen Entzündungen, kurzfristig schien es zu helfen, aber dann verschlechterte sich ihr Zustand wieder. Katharina kam fast jeden Tag und schaute nach ihr. Sie hatte Mary früher selbst eingeritten, und nun lag sie inzwischen fast nur noch und fraß kaum etwas. Wir waren kurz davor, den Tierarzt zu bitten, sie zu erlösen. Die Schmerzmittel, die ich ihr gab, zeigten keine Wirkung. Ich musste vom Tierarzt ein stärkeres Schmerzmittel für sie besorgen.

Ich behandelte sie dann auf Borreliose und mit dem starken Schmerzmittel vom Tierarzt kam Mary nach einigen Tagen ganz langsam wieder auf die Beine. Ich war allerdings nicht sicher, ob Katharina sie jemals wieder würde reiten können.

Jetzt, wo sicher war, dass Ole seine Stuten wieder nach Polen holen und ich auf den Hof von Katharina ziehen würde, sprach allerdings nichts dagegen, dass Katharina sich ein anderes Pony kaufen könnte. Falls Mary doch wieder reitbar werden würde, wären die Kinder ja auch noch da. Und Mary, die wir schon als Fohlen bekommen hatten, war inzwischen ja auch schon 20 Jahre alt.

Wenn Katharina sich etwas in den Kopf gesetzt hatte, gab es kein Halten mehr. Sie schaute noch am selben Tag im Internet nach einem Pony für sie.

Es war noch keine Woche vergangen, da schickte sie mir ein Bild von einer Ponystute. Schon am nächsten Morgen fuhren wir zeitig los und schauten uns das Pony an. Katharina war sofort begeistert, ich teilte ihre Begeisterung nicht so wirklich, aber das Pony war für Katharina, nicht für mich. Der Plan war eigentlich, das Pony zu meinen anderen zu stellen, aber diese kleine Stute war sehr dominant anderen Pferden gegenüber und futterneidisch. Sie konnte also nur zu den zwei großen Stuten, die bei mir bleiben würden. Ich hoffte, dass es funktionieren würde, das Pony war jetzt schon ziemlich dick, und den ganzen Tag auf der Wiese wäre nicht gut für sie.

Aber Katharina war schockverliebt und so zog Fly, so hieß die Stute, wenige Tage später bei uns ein.
Von den Trakehnerstuten wurde sie freundlich empfangen, aber Fly machte sofort deutlich, dass sie die Leitung der Herde zu übernehmen gedachte. Zu meinen alten Ponys würde ich sie tatsächlich nicht stellen können, soviel war klar.

Aber Katharina war glücklich, Mary ging es von Tag zu Tag wieder besser, und auf der Baustelle ging es nun langsam aber stetig wieder voran.

Seit dem Tod meiner Mutter hatten wir, Selma, Silka, mein Bruder Volker und ich, uns regelmäßig getroffen. So auch jedes Jahr zu Pfingsten.

Dieses Jahr wollten wir verschieben. Selma, die stark übergewichtig war, hätte vermutlich auch ein Problem, in meinen Wohnwagen zu kommen, und um draußen zu sitzen, war es zu kalt und regnerisch. Bis zum Sommer sollte mein Wohnheim aufgestellt sein, und wir beschlossen unser Familientreffen dann nachzuholen.

Am Pfingstmontag bekam ich nachmittags eine Nachricht von Selmas Tochter. Sie hatte ihre Mutter am Sonntag nicht erreichen können und war an diesem Tag zu ihr gefahren um nachzusehen. Selma hatte tot in der Wohnung gelegen. Es war ein Schock für uns alle. Mein Bruder war wenige Tage vorher noch bei ihr gewesen, weil ihr Handy kaputt war. Er hatte ihr ein anderes gebracht und für sie eingerichtet, da war sie noch wohlauf. Und nun war sie plötzlich tot.

Selma war immer ein anstrengender Mensch gewesen, sie redete viel und wusste über alles und jeden Bescheid. Und sie hatte eine scharfe Zunge und machte oft und gerne davon Gebrauch.

Aber hinter ihrer rauen Schale war sie sehr empfindsam und verletzlich.

Sie hatte mir damals, als ich meine Mutter bei mir pflegte, sehr unter die Arme gegriffen, und ich hatte meine Schwester dabei von ihrer anderen Seite kennengelernt. Selma hatte ein sehr weiches Herz, war sehr verletzlich und ihre Leibesfülle schien ihr wie ein dicker Panzer zu dienen. Sie wurde mit einer Hasenscharte geboren, ihr Oberkiefer und die Oberlippe wurden, als sie noch sehr klein war, zusammengenäht und hinterließen eine unschöne Narbe. Sie hatte früh gelernt, sich gegen die Hänseleien zur Wehr zu setzten und sich eine raue Schale zuzulegen. Hinzu kam, dass Maria, die zwei Jahre älter war als sie, wunderschön war. Selma stand immer im Schatten ihrer großen Schwester.

Damals wollte meine Mutter in ihren letzten Tagen nicht mehr essen, und Selma hatte sie gefragt, ob sie ihr Kartoffelpuffer machen solle. Meine Mutter hatte zugestimmt, und Selma hatte lange in der Küche gesessen, Kartoffeln gerieben und Puffer daraus gemacht.
Meine Mutter hatte keinen einzigen davon gegessen.
Selma war sehr enttäuscht, meine Mutter hatte nie ein herzliches Verhältnis zu ihr aufbauen können. Selma war damals den Tränen nahe, sie tat mir unendlich leid. Ich

nahm sie in den Arm um sie zu trösten. Meine Mutter hatte sie in die Küche geschickt, damit sie ihre Ruhe hatte. Nur deshalb hatte sie zugestimmt.

Und nun war Selma einfach nicht mehr da.

Wir boten ihrer Tochter an zu helfen. Die Wohnung musste ja geräumt und gesäubert werden, aber sie lehnte ab. Selma hatte, nach ihrem Herzinfarkt vor einigen Jahren, nicht wieder arbeiten können und bewohnte eine Sozialwohnung. Ihre Tochter war der Meinung, das Amt müsse sich darum kümmern. Wir dürften die Wohnung auch nicht betreten, meinte sie. Und um die Beerdigung würde sich das Amt auch kümmern, es würde ein anonymes Begräbnis geben, sie hätte schon mit einem Beerdigungsinstitut Kontakt aufgenommen.

Ich wollte wissen, welches es sei, aber sie verweigerte die Auskunft. Katharina war darüber ebenso entsetzt wie wir anderen und telefonierte einige Bestattungsinstitute ab. Sie hatte Glück, aber man teilte ihr mit, dass meine Nichte jegliche Auskunft an Dritte untersagt hatte. Wir gerieten deswegen in Streit mit ihr. Wir waren uns nie sonderlich sympathisch, ihre Art war einfach unangenehm, aber hierzu hatte sie keinen Grund. Bis dahin hatten wir ja auch nie Streit gehabt.

Ich schickte ihr eine Nachricht, wir Geschwister würden zusammenlegen und für eine vernünftige Beerdigung sorgen und dass wir keinen Streit wollen würden.
Wir waren ja alle in Trauer. Es kam eine unverschämte Sprachnachricht von ihr zurück. Wir sollten sie in Ruhe lassen, sie hätte ihre Mutter gefunden, und ob wir wissen würden, wie sie sich fühlen würde. Wir hätten kein Verständnis für sie und würden ihr auf die Nerven gehen.

Es waren seit dem Tod von Selma ganze drei Wochen vergangen und wir hatten noch immer keine Informationen, woran sie gestorben war und wann die Beisetzung sein würde. Meine Nichte brach danach den Kontakt ab, blockierte unsere Telefonnummern und blockte uns auch alle bei facebook.

Über Umwege erfuhren wir später, dass sie einen Hilferuf im Internet gestartet hatte. Sie bat um Spenden, damit sie ihre arme Mutter beerdigen könne. Ihre gesamte Familie hätte sie damit alleine gelassen und sie wäre so sehr in Trauer und völlig alleine damit.

Wir haben nie erfahren wann und wo unsere Schwester beigesetzt wurde.

David kam mich noch auf dem Hof besuchen. Er war an dem Tag, als das Feuer ausgebrochen war, mit seinem Kumpel verabredet gewesen, als dieser zum Einsatz gerufen wurde. Später hatte er dann erfahren, dass es mein Haus gewesen war und hatte mir eine Nachricht geschickt. Er bot seine Unterstützung an, falls ich Hilfe brauchen würde. Ich hatte ihm daraufhin das Video von meinem Arbeitszimmer mit den Sonnenblumen geschickt und ihm gesagt, dass ich seine Unterstützung immer hätte, mehr als ihm wohl bewusst sei. Die Sonnenblumen machen es mir doch vor, schrieb ich zurück, sie blühen einfach weiter, und so würde ich es auch machen. Ich hatte von ihm gelernt.

Nun kam er mich besuchen, und wir tranken einen Kaffee zusammen und führten eines unserer wunderbaren Gespräche. Ich liebte die Unterhaltungen mit ihm, sie waren immer tiefgründig, egal worüber wir sprachen. Es war so ganz anders mit ihm und manchmal wünschte ich mir, ich könnte mich mit Ole auch mal auf diese Art austauschen. Aber bei Ole hatte ich nicht einmal das Gefühl, dass er mir richtig zuhörte.

Mein Bruder und Silka kamen im Sommer zu Besuch, wir trafen uns bei Ole auf dem Hof und tranken draußen Kaffee.

Volker erzählte, dass er von Selma geträumt hätte. Sie hätte gesagt, dass sie auf ihn warten würde, er würde ihr bald folgen. Das war kurz vor einer seiner Kontrolluntersuchungen. Er hatte in letzter Zeit Probleme mit seiner Stimme und nun hatten sie bei ihm Speiseröhrenkrebs festgestellt. Er müsse jetzt in die Uni und hoffe, dass er Weihnachten noch hier wäre, meinte er. Auch Volker sollte sich jetzt einer Chemotherapie unterziehen.

Ich sagte ihm, er solle Selma den Mittelfinger zeigen, wir würden ihn noch brauchen und es wäre langsam mal genug. Seine Zeit wäre noch nicht da, er solle sie noch ein paar Jahre warten lassen.

Zum Glück ging alles soweit gut, Volker überstand die Chemo und die Knoten in der Speiseröhre bildeten sich soweit zurück, dass sie später entfernt werden konnten. Es hatte noch nichts gestreut.

Dafür klagte Katharina nun oft über Nacken und Kopfschmerzen. In der Klinik sagte man ihr, dass es normal sei, das könne vorkommen. Sie wurde ja regelmäßig untersucht und da wäre alles gut. Man schickte sie zu einem Psychologen, der ihr riet Sport zu machen, um ihre Angst zu besiegen. Es wäre alles eine Sache der Einstellung, meinte er. Sie solle sich mit Sport ablenken.

Um zu beweisen, dass es nur ihre Psyche sei, solle sie sich den Nacken röntgen lassen. Es würde sie beruhigen, wenn dort kein Tumor zu sehen wäre, davon war er überzeugt.

Katharina ließ sich einen Termin geben, um Gewissheit zu bekommen, und auf den Röntgenbildern war tatsächlich nichts zu sehen. Es schien alles gut, aber die Kopf- und Nackenschmerzen blieben und wurden auch nicht durch Physiotherapie und Massage besser.

Kim war in großer Sorge, zumal der kleine Hund von Katharina ständig an ihrem Kopf lag, was er früher nicht getan hatte.

Die Halle wurde und wurde einfach nicht fertig, und ich hatte keine Lust mehr, noch länger zu warten. Eigentlich wollte ich erst umziehen, wenn alles fertig wäre, ich wollte nicht auf eine Baustelle ziehen. Aber meine Geduld war inzwischen am Ende.

Vielleicht würde es besser voran gehen, wenn das Mobilheim schon in der Halle stehen würde und ich eingezogen wäre. Die Anschlüsse waren inzwischen alle soweit vorbereitet.

Die beiden jungen Männer, die nun alleine an der Halle arbeiteten, kamen ganz gut mit Hugo aus. Sie nahmen ihn mit Humor. Meine Hoffnung war auch, dass Hugo ihnen nicht mehr ständig auf der Pelle hocken würde, wenn ich vor Ort wäre.

Ich sprach mit Hugo und er machte bei dem Mobilheimhändler einen Termin aus, um die Einzelheiten für die   Lieferung zu besprechen. Ich bat Kim mitzufahren, weil auch die Gasheizung und elektrischen Leitungen zu besprechen waren. Dafür war Kim besser geeignet als Hugo oder ich. Katharina kannte das Mobilheim nur aus dem Internet und von den Bildern, die ich ihr gezeigt hatte. Sie freute sich darauf, Kim und Hugo zu begleiten. Ich übernahm an dem Tag die Kinder.

Sie war ebenso begeistert von dem Mobilheim wie ich. „Das ist total deins,“ freute sie sich.

Im Juli sollte es geliefert werden, und dann stand einem Umzug nichts mehr im Wege.

Der Termin rückte näher, es sollte ein Schwerlasttransporter gegen Abend bei uns eintreffen und das Mobilheim liefern. Wir rechneten gegen 22:00 Uhr mit dem Transporter.

Am späten Abend bekam Hugo einen Anruf, der Transporter war ca. fünfzig Kilometer von uns entfernt von der Polizei gestoppt worden. Sie waren auf einer Landstraße unterwegs gewesen, einem Autobahnzubringer und dort direkt in eine Polizeikontrolle geraten. Für diese Straßen war aus Sicherheitsgründen eine Polizeibegleitung notwendig. Diese hätten sie zeitig beantragen müssen, was aber nicht geschehen war. Nun stand der Transporter auf einem kleinen Parkstreifen an der Straße.
Die Fahrer wollten am nächsten Morgen mit dem Begleitfahrzeug wieder zurückfahren, eine Genehmigung zur Weiterfahrt mit Polizeieskorte würde einige Tage dauern.

Die Rede war von einer bis zu drei Wochen.
Die Transportfirma hatte versäumt, den Transport anzumelden, und nun sollte das Wohnheim irgendwo in der Wildnis stehen, ohne Bewachung, knappe fünfzig

Kilometer von mir entfernt. Das konnte doch jetzt nicht wahr sein!

Das war wieder das Element, in dem Hugo sich am wohlsten fühlte. Er ließ sich vom Fahrer die Privatnummer vom Firmeninhaber geben und rief noch am gleichen Abend bei ihm an. Hugo bestand darauf, dass einer der beiden Männer am Fahrzeug zu verbleiben hatte. Und er würde sich um eine Sondergenehmigung kümmern, damit die Lieferung gleich am nächsten Tag erfolgen könne.

Den ganzen folgenden Tag war er damit beschäftigt, alle Hebel in Bewegung zu setzten, um eine Lieferung zu ermöglichen. Und er sparte nicht mit ausreichend Lob über sich selbst. Er würde es schon hinbekommen, niemand sonst wäre dazu in der Lage, aber er würde es schaffen. Er ließ auch Katharina und mir gegenüber keinen Zweifel daran, dass Kim das nie schaffen würde, noch am selben Tag eine Genehmigung zu erwirken, damit das Wohnheim geliefert werden könne. Wir waren uns da nicht so sicher, aber warum sollte Kim etwas unternehmen, wenn es den Tag von Hugo so sehr ausfüllte und es ihn scheinbar glücklich machte.
Ob Hugo sich um vier Kinder gleichzeitig kümmern könnte, ohne die Nerven zu verlieren, bezweifelten wir allerdings. Jedem das Seine.

Das Mobilheim wurde tatsächlich noch am folgenden Abend mit Polizeieskorte geliefert.
Die Fahrer übernachteten in der nahe gelegenen Raststätte und kamen am nächsten Morgen wieder, um das Mobilheim aufzustellen und auszurichten.

Katharina kam mit Kaffee und frischen Brötchen vorbei.

Ich holte gemeinsam mit ihr noch am selben Tag einige Sachen aus dem Wohnwagen und zog in mein neues Domizil.

Wenn ich allerdings gedacht hätte, dass es jetzt auf der Baustelle zügiger voranging, irrte ich mich gewaltig. Hugo hing den beiden Männern, die sich wirklich alle Mühe gaben, es ihm recht zu machen, weiterhin im Nacken. Und er hatte ständig neue Ideen, wie die Halle noch besser gestaltet werden könnte.

Der Architekt, der die Baustelle mit beaufsichtigte und dafür sorgte, dass alles seine Ordnung hatte, nahm die Maße für die Rolltore, die eingebaut werden sollten. Hugo hatte eine Firma ausfindig gemacht, die durchsichtige Rolltore anfertigte und zwei davon sollten in der Halle zur besseren Belüftung eingebaut werden. Dafür sollte aber ein stabiles Fundament gegossen werden. Das vorhandene, die Halle hatte vorher zwei große Blechtore, reichten dafür angeblich nicht aus. Und die seitlichen Fundamente sollten verstärkt werden. Ich hielt es, wie viele andere auch, für völlig überzogen. Die Halle stand seit über fünfzig Jahren auf diesem Fundament und nun reichte es plötzlich nicht mehr. Abgesehen von den Kosten, die mittlerweile völlig aus dem Ruder liefen.

Hugo spielte nach außen hin wieder den großen Gönner, für den Geld keine Rolle spielte. Und er blühte auf, sobald jemand auf den Hof kam um zu schauen, was wir da machten. Dabei machte er kein Geheimnis daraus, was ihn dieser Spaß, wie er es nannte, kostete. Wobei er bei dem Mobilheim immer den Neupreis nannte. Das es schon einige Jahre auf dem Buckel hatte, war auf den ersten Blick ja nicht zu erkennen. Er erzählte jedem, dass er dort für mich ein Paradies bauen wolle, egal was es koste. Ich sollte es schön haben.

Aber Hugo war ganz offensichtlich auch im Stress. Ständig hing er am Telefon, ging aber zum telefonieren in sein Auto, damit niemand die Gespräche mitbekam. Und wir gerieten immer häufiger aneinander. Er wollte seinen Willen durchsetzen, egal worum es ging.
Wenn die Arbeiter mich fragten, sie wussten ja, dass ich dort bereits wohnte, wie ich etwas haben wollte, kam er dazwischen und wollte es anders. Die oberen Lichtplatten waren z.B. dunkler gefärbt, um das Sonnenlicht etwas auszubremsen. Diese eingefärbten Lichtplatten wollte ich auch oberhalb der Rolltore angebracht haben, damit man die Aufhängung der Tore nicht so deutlich sehen konnte. Außerdem fand ich, dass es so harmonischer aussehen würde. Hugo hatte in seinem Auto gesessen und von dort aus wohl gesehen, dass sie die dunkleren Lichtplatten anbringen wollten. Jedenfalls kam er mit Gebrülle auf uns zu, das wäre so nicht abgesprochen und ginge ja wohl gar nicht. Ich wollte mich erklären, aber er ließ mich gar nicht zu Wort kommen. Er wollte dort die hellen Lichtplatten haben, fertig. Die Männer versuchten ihn noch davon zu überzeugen, dass die anderen dort besser aussehen würden, mussten aber schnell nachgeben.

Er war der Geldgeber und es würde so gemacht werden, wie er es wollte. Irgendwann platzte mir mal der Kragen und ich brüllte ihn an, wenn er dort wohnen wolle, solle er mir Bescheid geben, dann würde ich das Wohnheim wieder räumen.

Es gab einen heftigen Krach danach, weil ich ihn vor den Männern angebrüllt hatte. Ich entschuldigte mich bei den beiden Arbeitern, als ich kurz mit ihnen alleine war. Sie hatten volles Verständnis für meine Reaktion, hielten es aber auch für keine gute Idee hier zu wohnen, wenn Hugo das Haus bauen würde und auch hier auf dem Hof wohnen würde. Hugo hatte ihnen erzählt, dass das Haus noch abgerissen werden sollte, weil er dort ein neues bauen wolle.

Eines war jedenfalls klar, mit dem Mann gemeinsam hier auf dem Hof wohnen, würde ich im Leben nicht wollen. Auch nicht in getrennten Häusern.

Zudem wohnte ich noch nicht einmal zwei Wochen auf diesem Hof und hatte bereits wieder die ersten Asthmaanfälle. Scheinbar verfügte mein Körper über eine gute Speicherkapazität und erinnerte sich schnell an alte Zeiten. Mein Körper war in Alarmbereitschaft.

Ich fuhr zu meiner Ärztin und besorgte mir ein Rezept für ein Asthmaspray. Ich erklärte ihr, dass es bei mir psychische Ursachen hätte und bekam auch sofort das nötige Rezept. So konnte ich nachts jedenfalls wieder schlafen, ohne nach Luft zu ringen.

Mein Bruder hatte mir geholfen, die Koppel für die Pferde einzuzäunen. Hugos Hilfe hatte ich abgelehnt. Als wir damit fertig waren, holten wir die Stuten auf den neuen Hof. Meine Ponys mussten noch warten. Mary ging es noch nicht so gut, dass sie den Weg hätte laufen können.

Ole war mächtig wütend, als er erfuhr, dass ich seine Stuten mitgenommen hatte. Er ging davon aus, dass ich nur meine beiden holen würde und seine dort auf seinem Hof belassen würde. Er wollte sie ja später nach Polen bringen. Das hatte er schon vier Wochen vorher machen wollen, hatte aber bisher noch keine Zeit dafür gefunden. Für mich war es ganz selbstverständlich, die Herde nicht zu trennen, sondern sie alle gemeinsam bei mir auf die Koppel zu bringen. Gras genug war vorhanden, und ich wollte den Stuten den Stress ersparen. Die Höfe lagen nur fünfzig Meter auseinander, die Pferde hätten sich hören und riechen können. Es wäre richtig Stress für sie gewesen. Aber Ole hatte wohl Angst, dass ich ihm die Stuten vorenthalten könnte. Immerhin   betreute ich sie seit neun Jahren.

Sie blieben dann tatsächlich noch einige Wochen bei mir auf der Koppel und Ole beruhigte sich, nachdem ich ihm versichert hatte, ihm die Stuten zurückzugeben.

Hugo machte seine eigenen Pläne für den Hof, wollte sogar für mich einen Garten anlegen und die Pflanzen dafür kaufen. Ich lehnte ab. Dann bezog er eine meiner Reitbeteiligungen in seine Pläne mit ein. Er konnte sie schnell um den Finger wickeln, sie war empfänglich für seine Art der Hilfsbereitschaft und er vermittelte ihr ein gutes Gefühl.
Wann immer sie auf den Hof kam, war er sofort an ihrer Seite und half ihr, den Sattel zu holen oder trug eines ihrer Kinder zum Auto, wenn es müde war. Ich schaute es mir einige Tage an, dann stellte ich ihn zur Rede. Er hatte sie mehrfach nach ihren Wünschen gefragt, wie der Reitplatz gestaltet werden sollte, er musste ja erneuert werden, was sie noch an Wünschen für Veränderungen am Stall und bei den Koppeln hätte und so weiter. Und ihre Wünsche passten natürlich mit meinen Vorstellungen so ganz und gar nicht zusammen. Zumal ich selbst die Veränderungen vornehmen wollte und zwar so, wie ich es für zweckmäßig hielt. Schließlich würde ich die Arbeiten machen, da musste alles gut durchdacht sein, und davon hatte weder Hugo noch diese Reitbeteiligung eine Ahnung.

Der nächste Stress kam dann auch sofort danach, als besagte Reitbeteiligung eine der Stute von der Koppel holte, um zu reiten. Da der Reitplatz hier noch nicht fertig war, wollte sie mit der Stute auf den alten Hof, um sie dort zu reiten. Als sie den Hof verließ, war die Stute natürlich unruhig und tänzelte hin und her. Die Stuten auf der Wiese wieherten hinter ihr her, sie waren verständlicherweise alle aufgeregt. Hugo kam auf mich zu und baute sich wieder einmal vor mir auf. Warum ich nicht mit ihr gehen würde, ich würde doch sehen, dass das Pferd so unruhig sei. Es sei unverantwortlich, sie mit der Stute alleine vom Hof gehen zu lassen, er würde meine Art mal wieder überhaupt nicht verstehen. Warum ich ein Problem mit ihr hätte und so weiter.

Ich hatte keine Lust, ihm Rechenschaft abzulegen, aber ich fragte ihn, was er zu tun gedenke, wenn die hier verbliebenen Pferde durch den Zaun gehen würden, um der anderen Stute auf den alten Hof zu folgen. Ob er dann in der Lage wäre, die Stuten zurückzuhalten. Und nein, ich hätte kein Problem mit ihr, sie käme auch ganz gut ohne mich mit der einen Stute zurecht.

Der Herbst stand vor der Tür und die Halle war noch immer nicht fertig. Hugo hatte jetzt ständig schlechte Laune, ich vermied inzwischen jegliches Gespräch mit ihm. Er war noch immer ständig auf dem Hof und kontrollierte alles. Zwischendurch machte ich ihm ein Brot und eine Tasse Brühe, gab es ihm aber in der Halle. In mein Wohnheim wollte ich ihn nicht lassen, ich wollte seine Energie nicht in meiner Nähe haben. Es mag merkwürdig klingen, aber seine Energie war zu fühlen, und sie fühlte sich nicht gut an. Ich hatte oft das Gefühl, dass sich selbst die Bäume draußen veränderten, sobald er den Hof betrat.

Als wir im Herbst über Nacht einen heftigen Sturm
bekamen, flogen einige der Lichtplatten vom Hof über die
Straße. Die Männer hatten sie zwar auf dem Stapel
beschwert, aber wohl nicht genug. Als ich morgens nach
draußen kam, lagen sie nicht nur auf dem Grundstück
verteilt, sondern lagen auch auf der Straße und auf dem
Nachbargrundstück. Und der Sturm wütete noch immer.
Ich versuchte so gut ich konnte die Lichtplatten von der
Straße und dem Nachbargrundstück zu holen, als die
Feuerwehr kam. Sie waren Kontrolle gefahren und halfen
mir, die Lichtplatten sicher am Haus zu verstauen.

Ich war gerade wieder in meinem Haus, da klingelte mein
Handy. Hugo wollte wissen, ob alles in Ordnung wäre.
Ich erzählte ihm arglos, dass ich gerade mit der Feuerwehr
die Lichtplatten, die noch verarbeitet werden sollten, von
der Straße geholt hätte. Warum ich ihn nicht angerufen
hätte, wollte er wissen. Ich meinte, wozu, ist doch alles
erledigt. Zwei Sekunden lang war es am anderen Ende still
und dann wurde es sehr laut. Er hätte von mir erwartet,
dass ich ihn über solche Dinge sofort informieren würde,
und was nur wieder mit meinem Kopf los sei. Da ticke ja
schon wieder etwas nicht richtig, ich solle den mal
untersuchen lassen. Es könne ja wohl nicht sein, dass ich
solche einfachen Dinge einfach nicht in meinen Kopf
bekommen würde. Was nur wieder los wäre mit meinem
Kopf…..
Ich legte schweigend den Hörer auf und schaltete mein
Handy aus. Er würde jetzt Sturm klingeln, soviel war klar.

Es dauerte keine halbe Stunde, da kam er auf den Hof
gefahren und stellte seinen Wagen so ab, dass er mir mit
den Scheinwerfern direkt in das Wohnzimmer strahlte.
Sein Auto hatte einen bösen Blick und mir gruselte es.
Deshalb verschloss ich auch meine Tür, aber Hugo stieg

nicht aus, blieb aber fast eine Stunde vor der Halle mit Blick in mein Wohnzimmer stehen.

Katharina klagte immer häufiger über Augenprobleme. Sie hatte ständig ein Blinken in den Augen und reagierte körperlich immer heftiger auf jegliche Art von Stress. Außerdem hatte das Finanzamt sich gemeldet und forderte die Abrechnungen ein. Hugo hatte versprochen, sich um alles zu kümmern, aber bei dem Versprechen war es geblieben. Er hatte sämtliche Unterlagen, einschließlich der Kontobelege an sich genommen und hielt Katharina hin.
Er vertröstete sie Woche um Woche, und die Frist zur Abgabe stand an. Sie gerieten immer häufiger darüber in Streit.

Katharina wollte sich eine Auszeit nehmen und hatte sich ein Wellnesswochenende gebucht. Nach der Chemo und Brustoperation hatte sie auf eine Reha verzichtet, sie wollte nicht wochenlang von ihrer Familie getrennt sein.
Aber dieses Wellnesswochenende wollte sie sich gönnen.

Kim war es, der darauf bestand, dass sie einen Augenarzt aufsuchen sollte, bevor er sie zu dem Wellnesshotel fahren würde. Ihre Probleme mit den Augen wurden immer schlimmer, und er war sehr besorgt deswegen. Inzwischen schielte sie etwas auf dem einen Auge.

Sie hatte vormittags den Termin beim Augenarzt, Hugo fuhr sie dorthin, Kim war zur Arbeit und ich passte auf die Kinder auf.

Dann kam ihre Nachricht, sie sollte sofort in die Uniklinik, ihr Vater war mit ihr schon auf dem Weg dorthin. Sie hatte Einblutungen und Flüssigkeit im Auge. Der Augenarzt war sich sicher, dass sie einen Tumor haben müsse, eine andere Erklärung würde es für ihn nicht geben.

Ich war schockiert, wie konnte ein Augenarzt so etwas einfach behaupten?

Sicherlich gab es eine andere Erklärung dafür, da war ich mir sicher.

Die Notaufnahme war völlig überfüllt, Katharina musste stundenlang warten. Hugo fuhr am Mittag wieder nach Hause, er hatte sie dort allein gelassen, Kim war früher von der Arbeit gekommen, damit ich zurück konnte, um meine Pferde zu versorgen.

Gegen Abend fuhr ich mit Hugo wieder zur Uniklinik. Katharina saß noch immer in der Notaufnahme und wartete.
Sie fiel mir in die Arme und weinte, sie war mit ihren Nerven am Ende. Wir warteten noch fast bis Mitternacht und fuhren dann wieder. Sie sollte stationär aufgenommen werden, damit sie am frühen Morgen gleich einem Arzt vorgestellt werden konnte.

Als ich gerade Zuhause war, kam eine Nachricht von ihr. Sie war soeben in ein Zimmer gebracht worden und konnte sich endlich schlafen legen. Sie würde sich am nächsten Morgen, nach der Untersuchung, melden.

Ich nahm den Teddy, den ich gekauft hatte, als sie die Diagnose Brustkrebs bekommen hatte, und den ich als Stellvertreter nutzte, um ihr Reikienergie zu schicken, mit ins Bett. Ich hielt ihn die ganze Nacht über fest im Arm, stellvertretend für Katharina.

Am nächsten Vormittag kam sie ins MRT.
Zum ersten Mal wurde der Kopf kontrolliert. In der
bisherigen Klinik wurde regelmäßig ein MRT gemacht,
aber nur bis zum Hals. Trotz ihrer ständigen Kopf- und
Nackenschmerzen hielt man es dort nicht für notwendig.
Brustkrebs streue zu selten in den Kopf, war die Erklärung,
ihre Schmerzen müssten anderswo herkommen.

Ihr Anruf nach der Auswertung vom MRT war ein Schock.

Sie hatte zwei große Tumore an der Hirnhaut, sofortige
Operation, es bestand Lebensgefahr.

Wäre sie zu dem Wellnesswochenende gefahren, sie hätte
es wohl nicht überlebt.

„Es tut mir leid Mama, dass ich dir so viele Sorgen
mache."

Katharina wurde noch am selben Tag operiert, es war der
fünfte Geburtstag ihrer Zwillinge.

Ich betete für sie, bat alle geistigen Helfer um ihren
Beistand, bat meine verstorbene Mutter auf sie aufzupassen
und hatte furchtbare Angst davor meine Tochter zu
verlieren.

Gegen Abend kam eine WhatsApp von ihr, nur ein
Daumen, er zeigte nach oben. Die Operation schien gut
verlaufen, sie war wieder auf ihrem Zimmer und würde
sich am nächsten Morgen melden, wenn es ihr besser ging.

Sie rief mich am nächsten Morgen an, sie hätte sich
schrecklich erschrocken, meinte sie. „Oma hat an meinem
Bett gesessen, als ich aus der Narkose aufwachte und mich

angelächelt. Ich hatte erst Angst das sie mich abholen würde, aber sie lächelte mich total lieb an und dann wusste ich, dass sie nur auf mich aufpassen wollte. Das war total spucki," meinte sie.

Ihre Oma passte auch die nächsten Tage gut auf sie auf.

Die Tumore lagen günstig und konnten restlos entfernt werden. Ihre Augen, da waren sich die Ärzte sicher, würden einen Schaden zurückbehalten, ihre Sehkraft würde stark eingeschränkt bleiben.

Hugo fuhr jeden Tag zu ihr ins Krankenhaus.
Da noch immer die Coronabeschränkungen galten, durften immer nur zwei Besucher zu ihr und auch nur zur Besuchszeit. Für ihre Freundinnen war es fast unmöglich, sie zu   besuchen, weil Hugo die ganze Besuchszeit über anwesend war. Er bat ihnen aber großzügig an, sie abwechselnd mit ins Krankenhaus zu nehmen.

Als Louisa bei mir war, erzählte sie mir, dass sie die Malutensilien für ihre Mama eingepackt hatte. Katharina hatte sich während ihrer Chemozeit ein Mandala Malbuch zugelegt, in dem sie malte, um sich abzulenken. Louisa hatte ihr dieses Buch und die Malstifte in die Tasche gelegt, die Hugo mit ins Krankenhaus nehmen sollte. Sie hatte es ihrem Opa gesagt, und er hatte gemeint, es sei eine dumme Idee und Katharina könne damit nichts anfangen. Sie musste die Sachen wieder aus der Tasche nehmen.

Kim nahm die Malutensilien dann zwei Tage später mit zu Katharina, sie hatte darum gebeten.

Und Hugo versuchte wieder Stimmung gegen Kim zu machen. Er hatte mir angeboten, mich zu Katharina

mitzunehmen, was ich dankbar annahm. Meine Nerven
waren nicht die besten, und ich fuhr eh ungern in die Stadt.

Aber er nutzte diese Gelegenheiten, mich wieder gegen
Kim beeinflussen zu wollen. Katharina würde jetzt ihre
Eltern brauchen, es wäre wichtig, dass er und ich sie jeden
Tag besuchen würden. Meinen Einwand, dass Kim ihr
Ehemann sei und sie ihn an ihrer Seite brauchen würde,
schob er beiseite. Er wurde wieder sehr bestimmend und
war wütend, wenn ich nicht mit ihm fuhr und mich mit
Kim lieber abwechselte. Kim gegenüber war er dann
wieder der nette Schwiegervater, der ihn abholte, um mit
ihm gemeinsam ins Krankenhaus zu fahren.

Katharina hatte ein nettes Zimmer und lag alleine. Sie hatte
vor langer Zeit schon eine Zusatzversicherung
abgeschlossen, die es ihr ermöglichte, ein Einzelzimmer zu
beanspruchen. Nach einigen Tagen wurde aber eine andere
Patientin mit zu ihr ins Zimmer gelegt. Katharina hatte
keine Einwände dagegen gehabt.

Allerdings sprach diese Dame kein Wort mit ihr, sie drehte
ihr nur den Rücken zu. Katharina erzählte, dass sie einige
Male versucht hatte, ein Gespräch mit ihr anzufangen, aber
sie antwortete gar nicht. Sie telefonierte die meiste Zeit mit
ihrem Handy und beschwerte sich dabei über das Essen,
über die Ärzte, Schwestern, über alles und jeden.
Und im Zimmer herrschte jetzt das Chaos, überall lag
Wäsche herum, und im Bad sah es auch nicht besser aus.
Kim und ich hatten Katharina mehrmals darauf
angesprochen, ob sie nicht doch lieber wieder alleine
liegen wolle, aber sie verneinte. Es würde ihr nichts
ausmachen, meinte sie. Damit war es für uns in Ordnung,
anders allerdings bei Hugo.

Als er mit Kim im Krankenhaus war, verließ er das Zimmer, er wolle etwas besorgen, meinte er zu Kim. Aber Hugo ging zur Anmeldung und machte dort mächtig Ärger.

Seine Tochter wäre Privatpatientin, was ja so nicht ganz stimmte, und hätte ein Recht auf ein Einzelzimmer. Was er dort alles zum Besten gab, kam uns nicht zu Ohren, aber er muss mächtig auf den Putz gehauen haben. Eine halbe Stunde später jedenfalls, kam eine Schwester in Katharinas Zimmer und bat sie, ihre Sachen zusammenzuräumen, sie würde umziehen.

Hugo hatte weder Kim noch Katharina darüber informiert und tat, als wüsste er von nichts. Katharina erfuhr später von einer Schwester wem sie diesen plötzlichen Umzug zu verdanken hatte.

Er hatte auch in der Küche Ärger gemacht, weil ihm das Essen für sie nicht passte.

Katharina entschuldigte sich, wie so oft, für ihren Vater. Sein Verhalten war ihr unangenehm, die Schwestern waren alle super nett zu ihr, und in der Küche gaben sie sich die größte Mühe, ihr ein Histamin verträgliches Essen zu zaubern.

Die Kinder durften sie, wegen der Coronabeschränkungen, dort nicht besuchen. Sie schickte ihren Kindern täglich Nachrichten und Videobotschaften aus dem Krankenhaus. Und Katharina lächelte. „Es ist alles gut meine Mäuse!"

Sie hatten ihr den Kopf zur Hälfte auftrennen müssen, um die Tumore entfernen zu können. Nun war ein dickes Pflaster mit Klammern an ihren Hinterkopf getackert.

Und Katharina gab kein Wort der Klage von sich.
Sie ertrug alles mit einem Lächeln.

Ich musste an früher denken, als Kind hatte sie selten
geweint. Egal, ob sie hingefallen war, einen Dorn im
Finger hatte oder sich in den Finger schnitt.
Sie konnte körperlichen Schmerz relativ gut wegstecken.
Was sie nie vertrug, war ein böses Wort oder das Gefühl,
dass jemand böse auf sie wäre.

Warum musste sie jetzt so etwas ertragen? Ich wünschte
mir, sie würde mal laut schreien, ihren inneren Schmerz
hinaus brüllen. Aber Katharina lächelte, klagte nicht und
ertrug still.

Sie hatte ihrem Tumor in der Brust den Namen Erwin
gegeben und sprach nie von ihrem Brustkrebs, sondern
immer nur von ihrem Erwin. Als die Brust amputiert
wurde, kaufte sie ein großes Faultier und gab dem Stofftier
den Namen Erwin. Dieser Erwin saß von da an auf einem
Hocker auf dem Flur. Sie hatte fast ein liebevolles
Verhältnis zu ihm, was ich überhaupt nicht verstand.
Katharina meinte, dass Erwin nun sichtbar außerhalb von
ihr wäre und er wolle ihr nichts Böses. Sie fühlte sich nie
von ihm bedroht.

Gleich am Tag nach ihrer schweren Kopf OP bestellte sie
zwei kleine Faultiere. Sie nannte sie Tom und Jerry.
Sie kamen fast zeitgleich mit ihr Zuhause an. Erwin hatte
nun Gesellschaft.

Sie erholte sich relativ schnell von der schweren Operation,
aber die Frage nach dem Warum wurde in mir immer
lauter. Warum sie, warum ausgerechnet meine Tochter? Es
gab so viele boshafte Menschen, warum musste ein

Mensch wie Katharina so etwas durchmachen? Ein so ehrlicher und liebevoller Mensch?

Jetzt endlich beschäftigten wir uns auch mit dem Thema Narzissmus. Ich hatte Katharina von der damaligen Äußerung von David erzählt. Er hatte mir Jahre zuvor einmal gesagt, dass Hugo narzisstische Züge hätte.

Katharina las Bücher darüber, informierte sich im Internet. Und stellte fest, dass ihr Vater ein hundertprozentiger Narzisst war.

Narzissten sehen immer nur sich selbst, stand dort. Sie manipulieren andere Menschen und benutzen sie für ihre Zwecke. Sie lieben niemanden außer sich selbst, fühlen sich als Mittelpunkt der Welt und erwarten bedingungslosen   Gehorsam. Sie würden einen anderen Menschen skrupellos zerstören, wenn es ihrer Sache dienlich ist u.s.w. Es passte alles so sehr auf ihren Vater.

Es wurde immer wieder geraten, sich von diesen Menschen zu trennen. Aber Katharina schaffte es nicht, er ist doch mein Vater, meinte sie. In meinen Augen machte es die ganze Sache aber noch schlimmer. Gerade weil er ihr Vater war, musste sie sich von ihm distanzieren.

Was ich zu dem Zeitpunkt noch nicht wusste, war, dass Hugo während ihrem Krankenhausaufenthalt eine Generalvollmacht erstellt hatte, die er sich von ihr unterschreiben ließ. Damit er sich um die Firma und die Konten kümmern könne, hatte er ihr gesagt. Kim solle sich ja nun um sie kümmern können.

Ihre Augen wurden, sehr zur Verwunderung der Ärzte, deutlich besser. Sie konnte sogar ohne Brille wieder gut sehen. Allerdings bekam sie jetzt Bestrahlung und sollte auch wieder eine Chemo bekommen. Ihre Haare waren gerade erst wieder etwas gewachsen, nun fielen sie wieder büschelweise aus.

Mit Hugo führte ich lange Gespräche. Ich versuchte ihm verständlich zu machen, dass Katharina keinerlei Stress ausgesetzt werden dürfe. Dass ich besonders ihn damit meinte, kam ihm gar nicht in den Sinn.

Als wir wenig später eine Plane an der einen Seite der noch immer nicht fertigen Halle spannen wollten, kam es zu einem heftigen Streit. Hugo hielt die Schnur, die Kim durch die Ösen der Plane ziehen wollte. Als Hugo an der Schnur zog, rief Katharina ihm kurz zu, er solle noch nicht ziehen. Hugo brüllte zurück, er würde nicht ziehen, zog aber weiter. Katharina rief noch einmal, er solle bitte noch nicht ziehen. Das war scheinbar zu viel für ihn. Er warf die Schnur hin, die Plane fiel zu Boden und dann brüllte er Katharina an. Er hatte den ganzen Vormittag schon schlechte Laune gehabt, jetzt machte er sich bei ihr Luft. Katharina ging weinend weg, Kim folgte ihr.

Ich warf ihm an den Kopf, dass er noch immer nichts verstanden hätte. Dass seine Tochter mit einem Bein im Grab stehen würde, und er nichts besseres zu tun hätte, als sie anzubrüllen. Sie hatte ihn lediglich gebeten, nicht an der Schnur zu ziehen. Er meinte daraufhin, ich sei nur negativ, Katharina ginge es gut und sie wäre ihm gegenüber immer so aggressiv. Ich ließ ihn stehen, er hatte rein gar nichts verstanden.

Nach dieser Operation willigte sie doch in eine Reha ein. Kim und ich redeten ihr zu, es würde ihr sicher gut tun. Sie wollte unbedingt an die Ostsee, und die

Reha war nicht allzu weit weg. Es galten noch immer die Coronabeschränkungen, Besuche waren innerhalb des Gebäudes nicht erlaubt. Und auch außerhalb wurde es nicht gerne gesehen. Ihr Geburtstag fiel aber in diese Zeit, und Kim machte kurzerhand ihren Wohnwagen fertig. Die Kinder halfen beim Schmücken. Wir hatten beschlossen, mit dem Wohnwagen zu Katharina zu fahren, um dort den Nachmittag mit ihr zu verbringen. Die Lokale waren ja alle geschlossen.

Ich bat Hugo, mich mitzunehmen, nicht ohne Katharina vorher darüber zu informieren. Ich würde nicht lange bleiben können, ich musste ja wieder zurück, um die Pferde zu versorgen. Wenn ich mit Hugo kommen würde, musste er auch zeitig wieder zurück. So hatte sie genug Zeit, mit ihrer Familie und ihren Freundinnen den Abend ohne ihren Vater zu verbringen. Der Plan ging auf, wir blieben nur zwei Stunden.

Katharina konnte ihren Vater kaum noch ertragen, hatte sie mir anvertraut. Es bereitete ihr unglaublichen Stress. Sie hatte ihn bereits im Krankenhaus mehrfach gebeten, nicht zu kommen, sie würde ihre Ruhe brauchen, aber er hatte es, wie so oft, ignoriert.

Die Reha hatte ihr gut getan, sie kam nach einigen Wochen gut erholt wieder nach Hause. Kim war regelmäßig an den Wochenenden mit den Kindern zu ihr gefahren. Sie hatten dann gemeinsam einige Stunden am Strand verbracht.

Weihnachten stand an und ich wusste, dass Katharina den Weihnachtsabend ruhig verbringen wollte. Deshalb sagte ich ihr auch, dass ich dieses Weihnachten nicht zu ihr kommen würde. Es wäre das erste Weihnachten, dass wir nicht gemeinsam verbringen würden, und es schmerzte. Aber, wenn ich kommen würde, musste sie ihren Vater notgedrungen auch einladen und das wollte ich uns allen ersparen. Ich hatte das letzte gemeinsame Weihnachtsfest noch gut in Erinnerung. Das war genau das, was Katharina jetzt nicht brauchen konnte.

Ich hatte mein Wohnheim mit den Kindern etwas weihnachtlich geschmückt und machte es mir allein gemütlich. Ich war froh darüber, dass Katharina nach anfänglichem Zögern eingewilligt hatte, ohne mich das Fest zu verbringen. So konnte sie einen völlig entspannten Weihnachtsabend nur mit ihrer Familie verbringen.

Die Laune von Hugo wurde immer unerträglicher. Er schien richtig Stress zu haben, spielte mir gegenüber aber weiterhin den großen Gönner. Nur eine andere Meinung durfte ich nicht haben. Ich ließ ihn immer öfter einfach stehen, ging in mein Häuschen und schloss die Tür hinter mir zu. Ich konnte seine Launen nicht ertragen.

Der Gasherd in dem Wohnheim war nicht in Ordnung, ich brauchte einen neuen. Es sollte aber ein Elektroherd sein, ich mochte den Gasherd eh nicht. Hugo veranlasste sofort, dass eine Leitung für den Herd ins Mobilheim gelegt wurde und machte einen Termin in einem Küchenstudio aus. Ich sollte mir dort einen schönen Herd aussuchen, meinte er. Meinen Widerspruch ließ er nicht gelten. Eigentlich wollte ich den Herd selbst bezahlen, aber Hugo war der Meinung, er hätte mir das Mobilheim gekauft, und da würde eben auch ein Herd zugehören.

Mir gefielen die Herde nicht wirklich, sie waren mir viel zu modern. Alle mit diesen Bedienungsfeldern, die immer nicht funktionieren, sobald man feuchte Hände hatte. Katharina hatte auch so einen, ich konnte mich nie mit ihrem Herd anfreunden.

Ein einziger fiel dann eher notgedrungen in die nähere Auswahl. Der würde vielleicht noch gehen, hatte ich gesagt, aber nur, wenn er nicht über tausend Euro liegen würde. Der Preis lag bei 1.500,- Euro. Hugo bestellte den Herd, und wir hatten eine hitzige Debatte auf der Rückfahrt. Es war mir einfach zu viel Geld für einen Herd, ich lebte alleine, es lohnte sich in meinen Augen einfach nicht. Geld spiele keine Rolle, meinte er in seinem gönnerhaften Tonfall, den ich noch nie leiden konnte. Woher kam das Geld jetzt so plötzlich? Irgendetwas war doch faul daran.

Wir hatten früher nicht einmal Geld genug, um ein Bett kaufen zu können, von dem Heizöl mal ganz abgesehen. Und nun knallte er das Geld nur so raus.

Jedenfalls hatte sich das mit dem Herd bald erledigt, die Firma konnte nicht liefern. Ich hätte fast ein ganzes Jahr auf den Herd warten müssen. Hugo stand bei mir in der Halle, als ich mit Louisa nach Hause kam. Ich hatte sie von der Schule abgeholt. Er hatte wieder seine Kampfhaltung eingenommen und meinte, ich solle gleich mit ihm in das Küchenstudio fahren, um mir dort einen Herd aus der Ausstellung auszusuchen. Ich verneinte, ich wollte mich jetzt selbst um einen Herd kümmern und ihn auch lieber selbst bezahlen. Es dauerte genau drei Sekunden, dann flippte er komplett aus. Louisa flüchtete vor Schreck ins Haus, so hatte sie ihn mir gegenüber noch nicht erlebt. Ich ließ ihn stehen, ging ins Haus und schloss ab. Es machte keinen Sinn, ihm meine Gründe für meine Entscheidung erzählen zu wollen. In dem Zustand würde er eh nicht zuhören.

Der nächste Wutausbruch kam nur wenige Tage später. Ich hatte ihm gesagt, dass ich mich selbst um einen Herd kümmern würde. Er hatte nun erfahren, dass Kim einen für mich im Internet bestellt hatte. Ich hatte ihn mir gemeinsam mit Kim ausgesucht, und er kostete nur ein Drittel von dem, den Hugo ausgesucht hatte. Zudem hatte er noch Knöpfe zum Bedienen, so, wie ich es gerne wollte.

Hugo kam wutentbrannt auf den Hof, als er erfahren hatte, dass Kim den Herd für mich bestellt hatte. Beschimpfte mich, ich würde mal wieder nichts selbst auf die Reihe bekommen und ich hätte ihn angelogen, als ich ihm sagte, ich würde mich selber kümmern. Er schien mächtig unter Druck zu stehen, anders war solch eine heftige Reaktion von ihm nicht zu erklären.

Im Winter hatte Kim mir eine Infrarotheizung bestellt, es wurde ohne zusätzliche Heizung im Wohnheim zu kalt. Sie war sehr leicht und flach und nahm nur wenig Platz in Anspruch. Hugo war anwesend, als Kim den Vorschlag machte, man könne die Heizung auch an der Decke befestigen. Kim hatte den Satz noch gar nicht ganz beendet, da polterte Hugo schon los. Nichts da, an der Decke würde gar nichts befestigt werden. Wie Kim so ein Schwachsinn nur einfallen könne. Das würde überhaupt nicht infrage kommen. Das wäre ja wohl das Allerletzte. Man hätte fast meinen können, er würde dort wohnen und nicht ich.

In der Silvesternacht rief Hugo bei Katharina an, er war sturzbetrunken und lallte ins Telefon. Er war wohl allein zuhause gewesen und hatte sich sinnlos betrunken. Katharina hoffte, dass er in dem Zustand nicht auch seine Freundin auf der Insel anrufen würde. Warum hatte er den Jahreswechsel nicht bei ihr verbracht, so wie die Jahre davor auch?

Anfang Januar kam die Rechnung aus der Uniklinik, sie hatten Katharina als Privatpatient abgerechnet. Hugo hatte gerade angerufen, und Kim hatte ihm erzählt, dass er noch mit der Uni sprechen wolle wegen der Rechnung. Hugo bestand darauf, dass Kim ihm die Rechnung überlassen sollte, er wollte damit sofort zum Anwalt und die Uni wegen Betrugsversuch verklagen. Kim lehnte ab, er wollte erst Rücksprache halten, es könne ja auch einfach nur ein Versehen sein, meinte er. Hugo flippte wieder aus, Kim wagte es, ihm zu widersprechen, das war etwas, mit dem Hugo nicht umgehen konnte. Katharina war weiterhin dort in Behandlung, ein Grund mehr für Kim, die Sache friedlich zu regeln. Für Hugo war das kein Grund, Katharina müsse davon nichts wissen, war seine Meinung, er würde die Sache in die Hand nehmen und auf eine Art regeln.

Als er immer lauter und unverschämter wurde, hatte Kim ihm gesagt, dass er so nicht weiter mit ihm sprechen und das Gespräch beenden würde. Hugo war so in Rage, dass er gar nicht zuhörte und Kim hatte dann aufgelegt.

Daraufhin brach Hugo den Kontakt zu Kim und Katharina ab. Er ging nicht mehr ans Telefon und reagierte auch auf die Emails, die Katharina ihm schickte, nicht.

Sie hatte noch immer ihre Unterlagen für die Abrechnung mit dem Finanzamt nicht bekommen, inzwischen hatte sie auch erfahren, dass keine Vorauszahlungen mehr geleistet worden waren. Ihr Vater hatte die Generalvollmacht dafür benutzt, die Vorauszahlungen zu stornieren, hatte zudem das Firmenkonto leer geräumt und alles an Ersparnissen, die Katharina auf dem Sparkonto hatte, abgehoben.

Das Finanzamt forderte nun die Unterlagen an, etliche Überweisungen konnten nicht getätigt werden und das Ersparte war weg. Sie hatte keine Kontoauszüge und Rechnungsbelege mehr, Hugo hatte alles beiseite geschafft.

Es war seine Art, Katharina gefügig machen zu wollen. Sie sollte wieder von ihm abhängig sein, es ging wieder einmal nur darum, dass er zeigen wollte, wie viel Macht er hatte und wie sehr er andere erniedrigen konnte.

Er hatte sie schon öfter ignoriert, immer dann, wenn sie ihre eigene Meinung vertreten hatte. Er kam dann einfach nicht mehr, rief nicht mehr bei ihr an. Ich hatte ihr immer gesagt, sie solle die Ruhe genießen, irgendwann würde er sich schon wieder melden, aber nach spätestens drei Tagen meldete Katharina sich bei ihrem Vater und entschuldigte sich für etwas, wofür sie sich nicht zu entschuldigen brauchte. Es war doch ihr gutes Recht, eine eigene Meinung zu haben, aber Katharina meinte:" Du weißt doch wie er ist." Eben drum, sie machte den gleichen Fehler wie ich all die Jahre früher.

Ende Januar konnten wir endlich die lang ersehnte Familienaufstellung machen. Katharina bekam noch immer Bestrahlung, aber es ging ihr ansonsten recht gut. Und seit der Kontakt zu ihrem Vater abgebrochen war, hatte sie nur noch gute Laune. Sie war unglaublich aufgeblüht, machte viele Pläne. Und ihr Zuhause würde sich ganz anders anfühlen, meinte sie, seitdem ihr Vater nicht mehr in ihr Haus kommen würde. Es fühle sich viel wärmer an jetzt. Die ganze Atmosphäre wäre bei ihnen jetzt anders.

Und die Uni hatte sie als Privatpatient geführt, nachdem ihr Vater dort so ein Theater veranstaltet hatte. Die Rechnung wurde korrigiert, nachdem Kim dort angerufen und alles geklärt hatte.

Auf dem Weg zur Familienaufstellung bat ich Katharina, mir den Krebs den sie hatte, an mich zurückzugeben, falls sie ihn für mich tragen würde. Sie wollte nicht, meinte, sie würde es nicht ertragen, wenn ich den Krebs bekommen würde. Sie hielt mich nicht für stark genug, diese Krankheit durchzustehen. Wir sprachen den ganzen Weg dorthin darüber und ich nahm ihr dann doch das Versprechen ab, den Krebs an mich zurückzugeben, falls herauskommen sollte, dass sie die Krankheit für mich trug.

Wenn sie mich nicht für stark genug hielt, diese Krankheit zu ertragen, wie sollte ich dann als ihre Mutter stark genug sein, wenn sie diese Krankheit für mich ertrug? Und sie würde dringender gebraucht als ich, so viel dringender.

Aber es kam anders, ganz anders.

Wir machten zu Beginn eine Meditation. Wir sollten einen Sandweg entlang gehen, an deren Seite eine Schatztruhe stand. Diese sollten wir öffnen, bevor wir den Weg Richtung Wald gingen. Katharina erzählte nach der Meditation, sie hätte die Kiste kaum öffnen können. Es war unglaublich schwer für sie, den Deckel anzuheben. Sie brauchte lange um endlich diese Kiste, die schön und reichlich verziert war, öffnen zu können. In dieser Kiste hatte ihr Leben gelegen, welches sie nun aus der Kiste herausnehmen konnte um sich auf den Weg zu machen.

Als sie in der Runde davon erzählte, flossen bei mir die Tränen. Es schnürte mir das Herz zu, denn sie hatte genau das in der Meditation erfahren, was für Außenstehende so sichtbar war. Sie hatte kein eigenes Leben, das hatte ihr Vater gut in eine schöne Kiste gesteckt, und er allein hatte den Schlüssel dazu. Dass sie es in der Meditation trotzdem geschafft hatte, die Kiste zu öffnen und ihr Leben in die Hand zu nehmen, erfüllte uns mit Hoffnung.

Sie ging damit der Sonne entgegen, barfuß, hatte sie gesagt.

Nach dieser Meditation zogen wir jeder zwei Karten. Eine für das Jetzt, was gelöst werden wollte und eine zweite Karte für das, was uns erwartet.

Meine erste Karte war der Machtkampf, das war so treffend. Diese zwei Personen auf der Karte, Rücken an Rücken und über ihnen eine schwarze Wolke. Die zweite Karte war das Glück. Vielleicht wartete das Glück ja bereits auf mich, wenn ich nur erst einmal diesen Machtkampf mit Hugo hinter mir lassen konnte?

Ich bat Katharina, mir ihre Karten zu zeigen, sie hielt sie verdeckt in ihren Händen. Wir saßen nebeneinander. Sabine bat sie, zu beginnen und zu erzählen, welche Karten sie gezogen hatte. Katharina bat darum, dass jemand anderes beginnen möge und zeigte mir ihre Karten. Ihre erste Karte, die sie gezogen hatte, war der Tod. Mein Herz stand still, aber ihre zweite Karte war der Sieg. Diese Karte machte Hoffnung und wir hielten uns an dieser Karte fest. Es war der Sieg, nicht die Erlösung oder der Untergang oder Ähnliches. Es war die Karte Sieg. Ein steigendes Pferd mit einer Kriegerin darauf. Sie würde über ihr Leben siegen und sie würde jetzt endlich ihr Leben in die Hand nehmen und glücklich sein. Glücklich, mit ihren Kindern und Kim.

Katharina wollte eigentlich nicht für andere aufgestellt werden, aber gleich bei der ersten Aufstellung wurde sie gebeten als Stellvertreter zu stehen. Und sie willigte ohne zu zögern ein.

Sie kannte die Familienaufstellungen bisher nur aus meinen Erzählungen und es war gut, dass sie erleben konnte, wie es funktionierte.

Wer noch nie eine Aufstellung gemacht hat, kann es sich kaum vorstellen, wie sehr man in fremde Energien schlüpft und zu einer völlig anderen Person, die man zudem noch nicht einmal kennt, wird.

Es wurden mehrere Aufstellungen an diesem Tag gemacht und Katharina war bei fast jeder, als Stellvertreter, dabei.

Zum Ende hin stellte Katharina dann auf. Sabine, sie leitete die Aufstellungen, erörterte kurz das Problem, erzählte das Katharina an einer lebensbedrohlichen Krankheit leiden würde. Ich hatte mich an das andere Ende gesetzt um nicht völlig von der Energie überrannt zu werden, aber jemand anderes diese Worte sagen zu hören, die ich nicht hören wollte, war fast unerträglich.

Katharina bat dann eine Person in die Mitte als Stellvertreter für ihren Vater. Eine weitere Person für ihre Firma, die sie damals übernommen hatte und in der ihr Vater noch immer arbeitete, eine Person für ihre Krebserkrankung und eine weitere für sich selbst. Dann setzte sie sich wieder in den Stuhlkreis außerhalb des Geschehens.

Die Frau, die für Katharina stand, lief an das Ende des Raumes, streifte sich die Arme und den Körper immer wieder ab um sich, wie sie sagte, von dieser klebrigen Masse ihres Vaters zu befreien. Es ekelte sie an. Gleichzeitig fiel die Dame, die für den Krebs stand, zu Boden. Sabine fragte sie, warum sie zu Boden ginge und sie meinte, ihr würde jetzt der Nährboden fehlen. Sobald die Stellvertreterin für Katharina sich Hugo wieder näherte, wurde die Erkrankung stärker. Aber die Frau wollte am Ende des Raumes stehen bleiben, sie wollte diese klebrige Masse nicht mehr und schrie ihrem „Vater" zu, er solle sie ansehen. Der Stellvertreter für Hugo sah an ihr vorbei, sein Blick war auf die Krebserkrankung gerichtet.

Sabine wollte wissen, wie es ihm damit ginge. Er meinte gut, der Krebs sei für ihn kein Problem, ganz im Gegenteil. Katharina sei dadurch geschwächt, er könne sich dann wieder ihrer annehmen und kontrollieren. Dieser Mann war eiskalt. Dass er nicht für Mitgefühl taugte, war mir schon immer klar gewesen, aber dass er solch eine eisige Kälte in sich trug, damit hatte ich nicht gerechnet.

Das Schlimme war, diese Aufstellungen bringen immer die Wahrheit ans Licht. Wer in dieser Energie steht, kann nicht lügen. Es ist die reine Energie der Wahrheit.

Sabine versuchte dann in der Beziehung zwischen Katharina und ihrem Vater etwas bereinigen zu können, aber das war unmöglich. Es kam heraus, dass in seiner Ahnenreihe Sadisten waren. Einer seiner Urgroßväter hatte zudem seine Frau erwürgt, als sie wieder nur ein Mädchen zur Welt gebracht hatte. Ich hatte früher öfter gesagt, dieser Mann hätte den Teufel im Blut, er wäre ein Sadist und würde sich daran ergötzen, wenn andere vor ihm am Boden liegen. Nun war es offensichtlich.

Wir konnten hier nichts auflösen, das müsste er selber machen.

Wichtig war nur, dass Katharina den Kontakt zu ihrem Vater nicht wieder aufnahm.

Sie sollte sich jetzt selbst vor den Stellvertreter ihres Vaters stellen und ihm sagen, dass sie sich komplett von ihm trennen würde. Der Krebs stand wieder neben ihr, als sie sich ihrem „Vater" näherte. Dann nahm sie die Frau, die stellvertretend für den Krebs stand, und schob sie vor sich.

„Ich brauche doch den Krebs um mich vor meinem Vater zu schützen!"

Ihre Seele hatte sich in den Krebs geflüchtet, weil sie keinen anderen Ausweg mehr sah.

Katharina zitterte am ganzen Körper, sie brachte es nicht fertig, ihrem Vater zu sagen, dass sie keinen Kontakt mehr dulden würde. Mir war bis dahin nicht bewusst gewesen, wie viel Angst Katharina vor ihrem Vater hatte.
Erst als Sabine einen Stellvertreter für Kim an ihre Seite stellte, hörte ihr Zittern auf und sie fasste den Mut, ihrem Vater zu sagen, was sie zu sagen hatte.

Es interessierte ihn nicht, er schaute teilnahmslos an ihnen vorbei.

Ich stellte mich zu ihnen und schrie ihn an, ich würde ihn umbringen, wenn er meine Tochter zerstören würde.
Er zuckte mit den Schultern.

Sabine holte dann noch vier Stellvertreter für ihre Kinder, die sie dazu stellte. „Mama, bleibe bei uns, Mama wir brauchen dich!"

Die Firma wurde noch aufgestellt um zu erfahren, was mit ihr werden sollte. Katharina stand selbst dem Stellvertreter für die Firma gegenüber. Sie wollte die Firma nie wirklich haben. Sie hatte sie damals übernommen, damit ich gehen konnte, nur deshalb. Sie hatte Angst, dass ich mir etwas antun könnte, wenn ich weiterhin bei Hugo bleiben würde. Sie dachte, wenn sie die Firma nehmen würde, wäre ich frei. Und so war es ja auch.

Was hatte ich getan? Ich hatte geglaubt, meiner Tochter mit dieser Firma die Zukunft zu sichern und hatte ihr eben diese gerade damit verbaut. Ich war frei und sie ging für mich in diese schöne Kiste, deren Deckel sie nicht mehr öffnen konnte.

Der Preis für meine Freiheit war viel zu hoch, ich hätte es besser wissen müssen. Ich hatte geglaubt, Kim würde sie schützen können, ihr Vater würde vielleicht Lehrgeld zahlen und aus seinen Fehlern gelernt haben können. Warum hatte ich mich damals nicht schon mit Narzissten befasst. Ich hätte gewusst, dass niemand jemand anderen vor diesen Menschen schützen kann. Es gibt nur einen einzigen Schutz vor diesen Menschen und das ist die Flucht vor ihnen.

Zum Abschluss des Tages sollten wir tanzen. Wir hatten noch nie wirklich getanzt, einfach so herumwirbeln, tanzen und sein. Das gab es bei uns nie. Wir waren befangen. Sabine hatte das Lied aufgelegt: Tanz um dein Leben. Katharina wurde einfach in die Mitte genommen und von den anderen Teilnehmern liebevoll herumgewirbelt. Sie musste tanzen, ob sie wollte oder nicht und es tat ihr gut. Tanz um dein Leben.

Wir sprachen auf dem Rückweg über das, was die Familienaufstellung hervor gebracht hatte. Es war klar, dass sie den Kontakt zu ihrem Vater nicht wieder aufnehmen durfte. Er hatte schon öfter den Kontakt zu ihr abgebrochen, es war seine Art, Katharina zu bestrafen, wenn sie in seinen Augen ungehorsam war. Sie hatte keine eigene Meinung zu haben, es reichte, wenn sie seine übernahm. Und er wusste, dass Katharina nur sehr schwer damit umgehen konnte, wenn er sie komplett ignorierte. Sie hielt es nie lange aus, nach ein paar Tagen entschuldigte sie sich bei ihrem Vater, damit er wieder mit ihr sprach. Sie machte immer und immer wieder den ersten Schritt auf ihn zu. Ich hatte ihr oft gesagt, sie sollte ihn einfach lassen, irgendwann würde er sich schon wieder bei ihr melden. Bis dahin solle sie die Zeit ohne ihn lieber genießen, aber sie schaffte es nicht. Sie suchte immer wieder die Schuld bei sich selbst und ging auf ihn zu.

Dieses Mal würde sie es nicht tun, es ging um ihr Leben und nicht um seines.

Dass sie die Firma damals übernommen hatte, um mir ein freies Leben zu ermöglichen, war ihr bis zu diesem Tag nicht bewusst gewesen. Dass sie tief in sich solche Angst um mich hatte, war ihr nicht bewusst. Aber größer noch war die Angst vor ihrem Vater und davor, ihn zu enttäuschen.

Ein lieber Freund von mir rief mich an, er wollte mir ein verspätetes Weihnachtsgeschenk machen. Er hatte seit langer Zeit Kontakt zu einem Energieheiler und wusste, dass ich oft Probleme mit meinem Ex hatte. Er meinte, dieser Mann könne mir vielleicht helfen. Ich bat ihn, das Geschenk weitergeben zu dürfen an meine Tochter. Sie brauchte es dringender als ich. Katharina bekam zwar regelmäßig eine Reikibehandlung von mir und war auch oft bei meiner Freundin Ria zur Behandlung, aber dieser Mann   arbeitete noch auf eine andere Art. Es konnte nicht schaden, wenn er mit ihr arbeiten würde.

Ich erzählte Katharina davon und sie machte einen Termin mit dem Heiler aus.

Sie hatte eine Besetzung im Bauchraum, meinte er. Die Besetzung war weiblich und seit ca. neun Jahren tot. Das konnte nur die Frau sein, die in dem Haus, in dem Katharina nun wohnte, gelebt hatte. Er entfernte noch einige negative Energien bei ihr und reinigte energetisch ihrem Körper. Katharina erzählte später, sie hätte es körperlich gespürt, als er die Besetzung entfernte. Es war für sie etwas spucki, meinte sie, aber es fühlte sich gut an.

Nach der ganzen Bestrahlung sollte sie nun wieder eine Chemo bekommen. Ich hatte gelesen, dass eine Chemo nicht im Kopf wirken würde, weil sie die Blut- Hirn-Schranke nicht überwinden könne. Die Ärzte versicherten ihr aber, dass, wenn der Krebs in den Kopf gewandert wäre, die Chemo diese Schranke überwinden könne. Katharina willigte ein in die Chemo, obwohl die Tumore im Kopf nicht hormonabhängig waren und scheinbar nichts mit dem Brustkrebs gemein hatten.

Im MRT wurde kein Hinweis auf einen neuen Tumor gefunden, wir atmeten erleichtert auf. Jetzt, wo wir wussten, warum sie diese Erkrankung hatte, konnten wir doch endlich gegensteuern und für eine Heilung sorgen.

Katharina besuchte jetzt auch endlich eine Krebsklinik, die auf alternative Therapien spezialisiert war. Hier war man der Meinung, dass Krebs oft eine seelische Erkrankung sei. Es galt nicht nur den Körper zu heilen, sondern insbesondere auch die Seele. Es lagen einige Bücher dort aus, die Katharina sich besorgte. Unter anderem auch ein Buch mit dem Titel: Heilung im Licht, von Anita Moorani. Dort beschrieb eine Frau, die an Krebs erkrankt war, von ihrer wundersamen Heilung, die sie während ihres Sterbeprozesses erfahren hatte. Sie hatte sich für das Leben entschieden und wurde von ihrer

Krebserkrankung geheilt. Ich hatte auch schon oft davon gehört. Von Menschen, die sich nur durch ihre Geisteshaltung geheilt hatten, obwohl niemand daran geglaubt hatte.

Auf dem Hof war Ruhe eingekehrt, die Bauarbeiten waren soweit abgeschlossen und Hugo ließ sich kaum noch blicken. Katharina war jetzt oft bei mir. Sie half mit, die Pferdeäppel von der Koppel zu sammeln, beschäftigte sich mit ihrem Pony, wir gingen viel spazieren und unternahmen einige kleine Ausritte. Ich ging zu Fuß nebenher und nahm ihr Pony vorsorglich an die Leine. Ich traute ihrem Pony nicht wirklich, sie war halt nicht unsere gemütliche Mary. Ihre Fly war sehr schnell unterwegs, mochte nicht warten und wurde schnell ungeduldig. Katharina war eine gute Reiterin, sie hatte viel Gefühl für das Pony, aber auch ihr fehlte das Vertrauen. Wenn sie mit dem Pony stürzen würde, hätte das für ihren Kopf fatale Folgen. Sie musste vorsichtig sein, durfte sich keiner Erschütterung aussetzen, ihr Kopf schmerzte schon genug.

Sie hatte ein schlechtes Gewissen, als sie mir erzählte, dass sie darüber nachdenken würde, ihre Fly doch wieder zu verkaufen. Das Pony war auch noch zu jung, um die nächsten Jahre nur an der Leine spazieren geführt zu werden. Und mit Reitbeteiligungen war es nicht einfach.

Ich war froh, dass sie diesen Gedanken von sich aus ansprach. Ich wollte ihr die Freude an dem Pony nicht nehmen, aber darüber nachgedacht hatte ich auch schon, mochte es ihr aber nicht sagen. Sie könnte Mary jetzt wieder reiten, sie war soweit wieder fit und wir würden für Fly ein neues Zuhause finden. Es wäre ihr gegenüber nicht fair gewesen, wenn sie nur auf der Koppel laufen würde. Sie brauchte einen Reiter, der mit ihr richtige Geländeritte unternahm.

Katharina und Kim hatten ihren Wohnwagen jetzt bei mir auf dem Hof stehen, so konnten sie öfter das Wochenende bei mir verbringen, nun wo Hugo sich zurückgezogen hatte. Es war so entspannt, und Katharina blühte zusehends auf.

Ich hatte sie gebeten, einen Abschiedsbrief an ihren Vater zu schreiben, den sie abends am Lagerfeuer verbrennen sollte. Ich weiß nicht, was sie ihm geschrieben hatte, aber wir saßen abends am Lagerfeuer, tranken Tee und Katharina legte den Brief an ihren Vater ins Feuer. Es machte keinen Sinn, ihm den Brief zu geben, er würde es eh nicht verstehen, aber so konnte sie loslassen, ohne mit ihm Kontakt aufnehmen zu müssen.

Ole sah ich in den Wochen sehr wenig, er kam ab und an vorbei, blieb für eine Nacht, ich hatte mir angewöhnt, dann auf dem Sofa zu schlafen, und am nächsten Tag fuhr er wieder. Auf seinem Hof tat sich nichts. Er war zwar dort, aber meist lud er nur eines seiner Autos auf seinen LKW und nahm ihn mit nach Polen.

Als er an einem Tag mal wieder bei mir war, beluden wir seinen LKW mit dem restlichen Schrott, den Hugo auf dem großen Reitplatz angesammelt hatte. Es war für die Kinder viel zu gefährlich, es wurde Zeit, dass dort aufgeräumt wurde, bevor sich eines der Kinder verletzte, und Ole hatte mir versprochen, etwas zu helfen.

Wir hatten schon einiges auf den LKW geladen, als Hugo plötzlich hinter mir stand. Er muss den LKW von Ole wohl auf dem Reitplatz gesehen haben. Ich sammelte weiter Schrott und warf ihn auf die Ladefläche. Hugo wich mir nicht von der Seite, er schaute zu, wie ich seinen Schrott einsammelte und auf den LKW warf. Nach einer Weile meinte er, wir dürften den Schrott so nicht transportieren, wir müssten das sichern. Ich sah ihn an, meinte dann zu ihm, dass wir keine Idioten wären und Ole es nicht zum ersten Mal machen würde. Natürlich würden wir es so sichern, dass wir nichts verlieren würden, nur dafür müsste erst einmal alles aufgeladen sein. Im Übrigen würde sein Auto im Weg stehen, weil Kim gleich kommen würde und an seinem Auto nicht vorbei käme. Es dauerte keine zwei Minuten und Hugo war vom Hof verschwunden. Genial, wenn es so einfach war, den Mann loszuwerden, würde ich das ab jetzt immer so machen. Scheinbar scheute Hugo eine Auseinandersetzung mit Kim.

Katharina fuhr in den Ferien mit ihrer Familie wieder mit dem Wohnwagen an die Ostsee. Sie schrieb mir kurz vor der Abfahrt: „Ich bin noch nie so entspannt in den Urlaub gefahren!" Sie hatte ein Selfie von sich mitgeschickt. Sie hatte sich ihre Sonnenbrille auf den Kopf gesteckt, wie sie es immer machte, und strahlte in die Kamera.
Der erste Urlaub ohne ihren Vater im Nacken.

Ole hatte sich angemeldet, er wollte Heu für die Pferde bringen. Ich hatte die Pforte an der Einfahrt für ihn geöffnet. Die Pforte war sonst geschlossen, es kamen ständig fremde Leute auf den Hof gefahren, um sich die Halle anzusehen oder weil sie dachten, es gäbe hier Kaffee und Kuchen.

Ich kam gerade aus dem Stall, als ein Pkw auf den Hof fuhr. Ein Mann und eine Frau stiegen aus und begannen Fotos zu machen. Das fand ich frech; hier auf den Hof zu fahren, war das Eine, aber gleich Fotos zu machen, war mir dann doch zu frech. Ich ging zum Auto, und in dem Moment stieg hinten eine alte Dame aus dem Wagen. „Sind sie Anna?" wollte sie wissen. Ich bejahte, und dann stellte sie sich vor. Sie sei die Ehefrau von Hugo, meinte

sie und dies hier alles hätte sie bezahlt.
Ich bat sie und ihre Begleiter, die die Fotos gemacht hatten, ins Haus.

Sie war seit gut zwei Jahren mit Hugo verheiratet, erzählte sie. Also schon zu dem Zeitpunkt, als Hugo bei mir im Arbeitszimmer saß und mir Honig um den Bart schmierte. Sie hatte ihm Geld gegeben, sehr viel Geld. Er hatte ihr gesagt, dass er das Haus abreißen und ein neues bauen würde. Er hatte ihr die Bauzeichnung vorgelegt. Dieses Haus wollte er für sie und ihn als Altersruhesitz bauen. Er wolle dort mit ihr gemeinsam leben, hatte er ihr versprochen. Es sollte eine kleine Wohnung dabei sein, für eine Pflegekraft, falls es mal nötig sein sollte. Ansonsten würde er sich um sie kümmern. Die Dame war zehn Jahre älter als er. Sie erzählte, dass sie mehrere Häuser hätte, auch auf Sylt. Und sie hätte keine Familie, keine Erben.

Er hatte also das ganze Geld, dass er für die Halle ausgegeben hatte, von ihr bekommen. Hugo hatte sie im Glauben gelassen, dass er bereits mit dem Neubau des Hauses begonnen hätte.

Er hatte ihr gesagt, das Haus wäre bald fertig und dann würden sie dort einziehen. Darum also wurden auch die Fotos gemacht, am Haus war ja noch nichts passiert, die Ruine stand noch immer. Er hatte sich seit Wochen nicht bei ihr blicken lassen, erzählte sie, sie war misstrauisch geworden und wollte nachsehen. Sie waren zwar verheiratet, wohnten aber bisher nicht zusammen. Ich wusste aber, dass er ständig wieder bei seiner Freundin auf der Insel war. Und die war jünger und hatte einen anderen Namen. Er hatte mir selbst erst erzählt, dass sich seine Freundin mit Corona angesteckt hatte und die beiden zehn

Tage gemeinsam in Quarantäne waren. Was spielte er für ein falsches Spiel?

Seine Frau war es auch gewesen, die Katharina und Kim den privaten Kredit für ihr Haus gegeben hatte. Nun konnte sie Hugo nicht mehr erreichen, er ging nicht mehr an sein Telefon und die Haustür machte er auch nicht auf, sie waren dort gewesen.

Er hatte sie um fast eine Million Euro erleichtert, und sie hatte jetzt die Scheidung eingereicht. Zum zweiten Mal. Ein halbes Jahr zuvor hatte sie schon einmal die Scheidung eingereicht, sie hatte immer mehr das Gefühl, er hätte ihr etwas vorgespielt und es doch nur auf ihr Geld abgesehen gehabt. Er war dann wieder zu ihr gekommen, sie hatten geredet, er hatte ihr versichert, dass er sie lieben würde, er hätte nur so viel zu tun.... Sie hatte die Scheidung daraufhin wieder zurückgenommen und danach war er wieder verschwunden.

Ich erzählte ihr von meiner Zeit mit ihm, und es zeigten sich viele Parallelen. Auch ihr hatte er nach der Hochzeit ständig gesagt, sie wäre krank im Kopf, würde dement sein. Und ihre Freundinnen hatte er vertrieben, sie würde keine Freunde brauchen, sie hätte ja jetzt ihn. Sie zweifelte bald an ihrem eigenen Verstand und hatte des Öfteren den Wunsch, ihr Leben einfach zu beenden. Sie hätte einfach keine Nerven mehr gehabt, erzählte sie. Wenn er bei ihr war, gab es nur Beschimpfungen, sie konnte nie etwas richtig machen und er zweifelte ständig ihren Verstand an.

Ihre Begleiter hörten schweigend zu, während ich von meiner Zeit mit ihm erzählte. Sie hatten Hugo für einen sehr netten Mann gehalten und waren bis zu diesem Zeitpunkt der Meinung, dass diese alte Dame völlig übertrieben hatte mit ihren Äußerungen. Ich glaube, es tat ihr gut, von mir zu hören, dass sie keineswegs übertrieb. Ich hatte mit diesem Mann die gleichen Erfahrungen gemacht. Und   Katharina hatte recht gehabt, als sie sagte, ich würde mich sicher gut mit der Dame aus Helmstedt verstehen. Wir verstanden uns tatsächlich sehr gut, die Chemie passte zwischen uns.

Ich versprach ihr, als Zeugin vor Gericht auszusagen, wenn sie meine Hilfe benötigen würde. Sie hatte nicht nur die Scheidung wieder eingereicht, sie hatte Hugo auch wegen Betrug angezeigt. Er hatte sich das Geld ja unter falschen Voraussetzungen geben lassen, und dass das Geld nicht in ihr gemeinsames Haus geflossen war, war ja ganz offensichtlich.

Ich hatte ihm eine ganze Menge zugetraut, aber das war jetzt doch etwas viel.

Ich rief am selben Abend noch Katharina an und berichtete ihr von meinem Besuch.
Katharina erzählte mir, dass Hugo ihr vor einiger Zeit schon den Kontakt zu seiner Frau untersagt hätte. Er hatte ihr erzählt, dass seine Frau dement sein würde, sie würde ihre Mieter ausspionieren, deren Müll in den Abendstunden in den Mülltonnen durchsuchen. Und er hätte sie angeblich   dabei ertappt, als sie in einem Bioladen stehlen wollte, den sie gemeinsam aufgesucht hatten. Außerdem würde sie   versuchen, ihn zu vergiften, hatte er Katharina erzählt. Seine Frau hätte ihm bei seinen letzten Besuchen oft einen Kaffee angeboten, hatte aber selbst keinen getrunken. Danach hätte er angeblich immer Bauchkrämpfe bekommen und würde aus dem Grunde auch nicht mehr zu ihr fahren. Katharina sollte auf keinen Fall mehr an ihr Telefon gehen, wenn seine Frau sie

anrufen würde. Sie würde ihr nur Lügen über ihn erzählen und Katharina damit belasten.

Katharina wollte ihm gerne glauben, er war ja ihr Vater, aber sie war hin und her gerissen. Zudem war er kurz nach seiner Hochzeit bei ihr erschienen und hatte mit einem breiten Grinsen vor ihrer Haustür gestanden. Er hätte sein Ziel jetzt erreicht, hatte er zu ihr gesagt, er wäre jetzt endlich Millionär.

Es war unglaublich, in welche Situation er Katharina gebracht hatte. Jetzt verstand ich auch, warum Hugo so großzügig das Geld ausgab. Und den Hof von Ole, den Katharina kaufen wollte? Das Geld dafür hätte er sich wohl von seiner Frau geholt, vermutlich ohne ihr Wissen. Es hatte in den letzten Wochen zwischen Katharina und ihrem Vater viel Streit wegen des Geldes gegeben. Katharina hatte immer wieder wissen wollen, ob seine Frau darüber informiert wäre, wofür er das Geld ausgeben würde. Er hatte daraufhin gemeint, Katharina hätte keine Ahnung, sie hätte noch immer nichts begriffen. Er sei jetzt verheiratet, das Geld gehöre jetzt ihm. Katharina war da anderer Meinung, aber er hatte sie in seine Machenschaften schon mit reingezogen. Die gesamten Rechnungen für den Hallenbau und alles, was damit zusammenhing, ließ er auf Katharinas Namen laufen. Er hatte ihr den Hof vor vielen Jahren verkauft, nicht ohne sich ein lebenslanges Pachtrecht eintragen zu lassen, und damit es alles seine Ordnung hätte, sollten die Rechnungen über sie laufen. Das klang eigentlich ganz logisch, nur jetzt sah es für mich doch anders aus. Wenn seine Frau ihn jetzt wegen Betruges angezeigt hatte, dann hatte Katharina jetzt ein Problem. Und seine Frau wollte natürlich ihr Geld zurück.

Aber das war noch nicht alles. Katharina hatte für seine Frau ein Schließfach eingerichtet, der Schlüssel dafür befand sich in ihrem Besitz. In diesem Schließfach waren mehrere zehntausend Euro, die Katharina dort für seine Frau deponiert hatte. Als Katharina im Krankenhaus war und ihre Operation am Kopf hatte, hatte Hugo sich eine Generalvollmacht von ihr geben lassen. Damit die Geschäfte weiterlaufen konnten, hatte er gemeint. Sie sollte sich ja ausruhen.

Mit dieser Generalvollmacht hatte er das Schließfach seiner Frau geplündert. Den Schlüssel dafür hatte er sich bei einem Besuch bei Kim einfach aus dem Schlüsselkasten genommen. Danach lies er sich von Kim zur Bank fahren. Hugo ging es an diesem Trag angeblich nicht so gut, er hatte Kim gebeten ihn zu fahren, was Kim natürlich auch tat. Dass er das Schließfach plündern wollte, hatte Hugo natürlich nicht erzählt. Kim war davon ausgegangen, dass Hugo etwas bei der Bank zu erledigen hatte. Und als Katharina damals aus dem Krankenhaus gekommen war und ihre Kontoauszüge einsah, musste sie feststellen, dass auch ihr Firmenkonto abgeräumt war, ebenso wie ihr Sparkonto, auf dem sie Geld für den Notfall deponiert hatte. Dieser Notfall war jetzt eingetreten, denn das Finanzamt forderte die Steuergelder an.

Warum hatte sie mir von alledem nicht früher erzählt? Selbst Kim kannte das ganze Ausmaß nicht wirklich. Katharina wollte uns und insbesondere mich, nicht damit belasten. Sie trug es allein, die Enttäuschung über das Verhalten ihres Vaters, dem sie bis dahin immer vertraut hatte, die Lügen die er erzählte, den Betrug an seiner Frau und an ihr.

Er hätte das Geld gebraucht, meinte er, als Katharina ihn darauf angesprochen hatte. Die Halle, die er ja nur für mich so herrichten würde, würde so viel Geld kosten.

Katharina und Kim hatten nach dem Krach mit Hugo dann ihr Haus über eine Bank finanziert und seiner Ehefrau den privaten Kredit zurückgezahlt. Ebenso wie das Geld für mein mobiles Wohnheim, das Hugo ebenfalls von ihrem Geld bezahlt hatte. Sie waren mit ihr im Reinen, und Katharina hatte sie inzwischen zuhause aufgesucht und sich mit ihr ausgesprochen. Es kam einiges zur Sprache und ich war froh, dass Katharina keinen Streit mit ihr hatte. Hugos Frau hatte sie, Kim und die Kinder in ihr Herz geschlossen und wollte mit ihnen keinen Ärger. Allerdings hatte sie Katharina gebeten, falls es zur Verhandlung kommen sollte, als Zeugin auszusagen.

Hugo hatte ihr das Geld ja in bar gegeben, damit Katharina es auf ihr Konto einzahlen konnte, um die Überweisungen für den Bau der Halle tätigen zu können. Und er hatte ihr versichert, dass es mit seiner Frau abgesprochen gewesen wäre.

Er hatte Katharina in eine Situation gebracht, der sie nicht gewachsen war. Und sie hatte versucht alles alleine zu tragen. Sie wollte mich schützen, wollte keine Auseinandersetzung zwischen mir und ihrem Vater riskieren. Aber sie konnte das alles gar nicht alleine ertragen, dafür war sie viel zu sensibel und zu ehrlich. Ihr fehlte die Abgebrühtheit ihres Vaters vollkommen.

Sie wusste auch, dass seine Frau die Scheidung eingereicht hatte. Hugo war damals noch bei ihr gewesen und hatte ihr erzählt, dass seine Frau erneut die Scheidung eingereicht hätte. Die würde sie aber nicht überleben, hatte er zu Katharina gesagt.

Sollte sie das alles vor Gericht aussagen? Wenn sie das tat, da war Katharina sich sicher, wäre sie an der Reihe, sobald ihr Vater mit seiner Frau fertig wäre. Sie hatte Angst vor dem, was sie erwarten würde, wenn sie sich gegen ihren Vater stellen würde.

Ich versuchte sie zu beruhigen, Kim und ich würden ja an ihrer Seite sein, und wenn es notwendig wäre, den Hof zu verkaufen, dann wäre es eben so. Ich würde schon einen anderen Platz finden. Wichtig war nur, dass endlich Frieden bei uns einkehren würde und ihr Vater keinerlei Zugriff mehr auf unser Leben hätte.

Es dauerte nicht lange, da stand Hugo bei mir auf dem Hof. Ich war gerade aus dem Stall gekommen, als er auf mich zukam. An seiner Haltung war schon zu erkennen, dass es wieder Ärger geben würde.

Er legte auch sofort los. Der Brief vom Anwalt seiner Frau war gerade bei ihm eingetroffen und ich wurde darin als Zeugin benannt. Wie ich dazu käme, wollte er wissen. Was seine Frau für Lügen über ihn erzählt hätte, mit wem sie bei mir gewesen war, ob ich sie in mein Wohnheim gelassen hätte und überhaupt, sollte ich ihm ganz genau erzählen, was ich zu seiner Frau gesagt hatte.

Ich gab ihm keine Antworten darauf, mich interessierte vielmehr, warum er mir nicht gesagt hatte, woher das Geld gekommen war. Und dass ich davon ausging, dass er diese Frau nur des Geldes wegen geheiratet hatte. Immerhin war er ja schon lange wieder mit seiner langjährigen Freundin zusammen. Es wäre auch mir gegenüber fair gewesen, wenn er mir von seiner Ehefrau erzählt hätte. Dann hätten wir uns an einen Tisch setzten können und ehrlich darüber sprechen können, wie es mit dem Hof zu regeln wäre. Er hatte sie im Glauben gelassen, dass er für sie und ihn das Haus bauen würde und dafür das Geld genommen hatte. Ich wollte wissen, warum.

Ich bekam natürlich ebenso wenig eine Antwort auf meine Fragen, wie er auf seine. Aber er meinte, dass er diese Frau nicht geheiratet hatte, weil sie ein Vermögen von 14 Millionen Euro hätte und keine Erben. Das hätte keine Rolle gespielt.

Warum kümmerte er sich dann nicht um sie? Sie war immerhin zehn Jahre älter als er und nicht mehr ganz gesund. Aber er fing dann an, ich hätte keine Ahnung, würde immer noch nicht wissen, wie das Leben funktionieren würde u.s.w. Sein Tonfall dabei brachte das Blut in meinen Adern zum Kochen. Ich konnte ihn nicht länger ertragen, ging in mein Haus und verriegelte die Tür. Seine Arroganz und Überheblichkeit suchte seines Gleichen.

Ich war trotzdem froh und dankbar darüber, dass die Halle fertiggestellt war. Es waren zwar noch einige Arbeiten an den Stallungen nötig, aber das wurde jetzt alles abgesagt. Nun, wo wir wussten, dass Hugo seine Frau hintergangen hatte, blieb alles erst einmal so wie es war.

Es war mir auch lieber, denn so hatte er jedenfalls keinen Grund mehr auf den Hof zu kommen. Er sorgte allerdings dafür, dass ein Landwirt aus der Nachbarschaft die Weiden bewirtschaftete und sie mir für die Pferde damit nicht mehr zur Verfügung standen. Ich musste warten bis nach der Heuernte und konnte die Pferde erst im Herbst auf eine der Wiesen lassen. Ole brachte Heu für den Sommer, damit ich die Zeit bis dahin überbrücken konnte.

Und Hugo ließ es sich trotz allem nicht nehmen, seinen

Wagen auf dem Hof zu parken um dort zu telefonieren oder Unterlagen zu sortieren. Dabei stellte er seinen Wagen immer so ab, dass er meine Halle direkt im Blick hatte. Ich konnte nicht vor die Haustür, ohne an ihm vorbei zu müssen. Wenn ich raus musste um die Tiere zu versorgen, nahm ich die hintere Tür und schlich mich von hinten in den Stall. Auf keinen Fall wollte ich ein Zusammentreffen mit diesem Mann. Als er seinen Wagen an einem Abend wieder mal direkt vor das Hallentor fuhr und die Scheinwerfer in mein Wohnzimmer strahlten, zog ich die Vorhänge zu. Ich konnte diesen bösen Blick des Wagens nicht ertragen. Ich war froh, meine Halle verriegeln zu können. Ich hatte das Gefühl, mit dem Licht aus seinem Wagen kam sein ganzer Hass und seine Verachtung in mein Reich. Und ich wollte doch endlich einfach nur Frieden.

Als Katharina zur nächsten Kontrolle ins MRT kam, wurden Micrometastasen auf der Hirnhaut gefunden. Es war unklar, ob diese Metastasen schon vorher dagewesen oder neu waren.

Die Chemo wurde eingestellt, jetzt hieß es plötzlich, es wäre auch nicht bewiesen, ob sie überhaupt die Blut-Hirnschranke überwinden könne, um im Kopf zu wirken. Es gab eine neue Therapie, sie würde noch in den Kinderschuhen stecken, wäre also noch in der Erprobung, aber Katharina könne an der Versuchsreihe teilnehmen. Sie sollte Tabletten nehmen, die sämtliche Zellen im Körper abtöten würden. Die schlechten ebenso wie die guten. Katharina willigte ein und ich schob Panik. Sie war zum „Versuchsobjekt" geworden und meine Angst, dass diese Ärzte meine Tochter kaputt machen würden, wuchs. Aber Katharina vertraute den Ärzten, sie hielt sich an den Behandlungsplan und tat alles, was ihr angewiesen wurde.

Wir mussten im Vertrauen bleiben, und ich musste meine Angst beiseite schieben und darauf vertrauen, dass alles gut werden würde. Sie hatte Schutzengel an ihrer Seite und das ganze Universum stand uns doch bei. Und sie hatte die Karte Sieg gezogen während der Familienaufstellung.
Die junge Kriegerin auf dem steigenden Pferd, Sieg. Katharina würde siegen, sie war schon immer eine Kämpferin und jetzt auch. Sie klagte nie, obwohl sie so oft Kopfschmerzen hatte durch die große Operation, sie war immer gut gelaunt und wer nicht wusste, dass sie krank war, hielt sie für eine gesunde und glückliche junge Frau. Sie strahlte eine solche Lebensfreude aus wie schon lange nicht mehr. Die Trennung von ihrem Vater tat ihr sichtlich gut. Den Rest würden wir jetzt auch noch schaffen.

Sie lebte nach dem Motto: „Wenn dir das Leben Zitronen schenkt, mache Limonade daraus." Sie bedruckte für sich und ihre Freundin ein T-Shirt mit der Aufschrift „Wir feiern das Leben," fuhr zu Konzerten, sie liebte Schlager und schickte mir ein Selfi von sich und Andreas Gabalier während einer seiner Konzerte. Sie war endlich frei und Kim tat alles, damit sie ihre neue Freiheit ausleben konnte. Und dazwischen tat sie das, was sie schon immer wollte: Einfach nur Mutter und Ehefrau sein. Sie liebte ihre Kinder, ihren Mann, ihr Haus und ihren Garten. Es war endlich Frieden in ihrem Leben, jetzt wo ihr Vater nicht mehr über alles bestimmte.

Ich hatte sie schon lange nicht mehr so glücklich gesehen und ich wollte das es so blieb. Katharina sprühte nur so vor Energie und machte Pläne, viele Pläne. Auch für ihre Beerdigung, falls es doch schiefgehen würde, meinte sie zu mir. Sie fuhr mit Kim zum Bestattungsunternehmen und regelte alles für ihre eventuelle Beerdigung. Nur zur Sicherheit, versicherte sie mir, damit ihr Vater im Falle eines Falles Kim nicht dazwischen grätschen würde.

Sie wollte eine Waldbestattung, möglichst unter einer Eiche, und weiße Blumen. Und das Lied von Andreas Gabalier „ Amoi se ma uns wieder," ebenso das Lied von Sarah Connor „ Ich wünsch`dir…" sollten gespielt werden. „Und, Mama, ich will keinen von euch in schwarzen Sachen sehen". Sie sprach von ihrer Beerdigung, als würde sie eine Geburtstagsfeier planen. Die einzige, die schwarz tragen darf, ist Julia, meinte sie zu mir, weil Julia auch sonst immer schwarze Klamotten tragen würde. Es ist ja nur vorsorglich, versicherte sie mir. Es wäre ihr Fest, und das wolle sie so planen, wie sie es wolle. Ohne ihren Vater, den wolle sie an dem Tag nicht dabei haben, egal wann es sein würde. Sie hatte, bis auf die Urne, alles genau festhalten lassen. Die Urne sollte Kim für sie dann später aussuchen.

Der Anwalt von Hugos Ehefrau rief mich einige Male an. Nachdem seine Frau die Scheidung nun durchsetzen wollte, kam es zur regelrechten Schlammschlacht. Seine Frau würde Lügen über ihn verbreiten, hätte seine Tochter und mich gegen ihn aufgebracht und überhaupt sei sie dement und nicht mehr klar bei Verstand, hatte er von seinem Anwalt mitteilen lassen. Er hätte sich um alles gekümmert und würde das Haus auf dem Hof bauen, um mit ihr dort einen Altersruhesitz zu schaffen. Das Geld, welches er von ihr bekommen hatte, brauchte er für die Vorbereitungen dafür. Ich schickte ihrem Anwalt Bilder von meiner Halle, der Auffahrt und dem Haus, welches weder abgerissen war, noch sonst irgendwelche Arbeiten daran gemacht wurden. Nicht einmal seinen Müll hatte er aus dem Haus geschafft.

Und auch seine Ehefrau rief mich hin und wieder an. Sie wusste, dass Hugo wieder mit seiner langjährigen Freundin zusammen war, sie wurden oft genug zusammen gesehen. Sie erzählte auch, dass sie vor längerer Zeit im Krankenhaus war, sie hatte sich bei einem Sturz das Bein gebrochen gehabt. Hugo war zu ihr ins Krankenhaus gefahren, um ihr Sachen zu bringen. Dabei hatte er sich an der Anmeldung als ihr Betreuer vorgestellt. Als sie ihn darauf angesprochen hatte, wurde er ihr gegenüber wütend und behauptete, sie hätte sich verhört oder es falsch verstanden. Das wäre in ihrem Alter aber ja auch normal, er würde von ihr nichts anderes erwarten. Das waren Sätze, die ich nur allzu gut kannte. Es war immer das gleiche Schema, immer waren wir es, die falsch verstanden hatten oder unwissend waren. Dabei ließ er aber immer durchblicken, dass er volles Verständnis hatte und auch gar nichts anderes erwarten würde. Er schaffte es, mit wenigen Sätzen seinem Gegenüber ein Gefühl von Unterlegenheit und Selbstzweifeln zu vermitteln. Es war wie eine Gehirnwäsche, wenn man solche Sätze oft genug zu hören bekommt, fühlt man sich bald schuldig, dumm und wertlos.

Als seine Frau aus dem Krankenhaus entlassen worden war, kam er bei ihr zu Besuch um für sie den Einkauf zu tätigen. Sie hatte ihn darum gebeten, aber bevor er fahren wollte, hatte sie ihn um ein Glas Wasser gebeten. Hugo hatte sich an das Fußende ihres Bettes gesetzt und verlangte ihre Scheckkarten, seine hatte sie kurz vorher sperren lassen, und ihre Zusage dafür, ihm weiterhin genügend Geld auszuhändigen. Sie hatte ihn gebeten, ihr doch erst etwas zu Trinken zu bringen und später das Thema Geld in Ruhe zu besprechen. Sie wollte damals schon eine Auflistung von ihm haben, wofür er das ganze

Geld benötigte. Es ging ja immerhin um erhebliche Summen. Denn während sie im Krankenhaus gelegen hatte, hatte er ihr Konto leergeräumt.

Jedenfalls, so erzählte sie, kam es wieder zum Streit, in dessen Folge Hugo das Haus wutentbrannt verließ. Sie hatte eine Nachbarin dann gebeten, ihr etwas zu Trinken zu bringen und bestellte den Einkauf per Telefon. Ich hatte ihr daraufhin gesagt, dass ich immer Angst davor hatte, dass dieser Mann einmal zu Geld kommen könnte. Er war so schon kaum zu ertragen, aber wenn er ausreichend Geld in die Finger bekäme, würde er sich zum größten Ekel auf der Erde entwickeln. Dann wäre er endlich wer und würde es auch alle anderen spüren lassen.

Und leider bestätigte er meine Befürchtungen. Er glaubte, durch die Heirat mit ihr wäre er zum Millionär geworden und könne über ihr Geld frei verfügen. Dass seine Frau ihm nun einen Riegel davorgeschoben hatte, machte ihn unglaublich aggressiv.

Ich bat seine Frau inständig, diesem Mann auf keinen Fall die Tür zu öffnen, falls er sie noch einmal aufsuchen sollte. Es ging um sehr viel Geld für ihn und ich traute ihm durchaus zu, sie in seiner Wut die Treppe herunter zu schubsen oder dergleichen. Ich wusste ja, wie aggressiv er werden konnte, wenn Alkohol im Spiel war, und zudem war er ein Mensch, der freiwillig nichts von seinem Besitz hergab. Und hier ging es um einige Millionen.

Katharina hatte sich, als ihre Zwillinge noch klein waren, einen großen Bus gekauft. Ihr Caddy, den sie so sehr liebte, war zu klein geworden mit vier Kindern. Ihr Vater hatte damals den Wagen übernommen, verkaufen wollte Katharina ihn nicht so gerne. Sie hatte lange nach diesem Auto gesucht, sie wollte ihn unbedingt in ihrer Lieblingsfarbe petrol haben und hatte eine lange Fahrt auf sich genommen, um ihr Traumauto zu holen. Seit ihr Vater sich seinen großen Schlitten gekauft hatte, stand der Caddy mehr oder weniger herum. Er wurde nur noch selten gefahren. Als mein Wagen dann nicht über den TÜV kam, es waren nur kleine Reparaturen nötig und Ole wollte ihn eigentlich für mich reparieren, aber nach vier Monaten hatte er noch immer nicht damit angefangen, kaufte ich Katharina ihren Caddy ab. So blieb er weiterhin in der Familie.

Ole hatte mir damals mein Auto geschenkt, er hatte ihn für sehr wenig Geld bekommen, weil etwas am Motor kaputt war. Er hatte es damals schnell reparieren können, für ihn war es eine Kleinigkeit. Er hatte mir jetzt fest zugesagt, die wenigen Ersatzteile zu bestellen und den Wagen für mich wieder fertig zu machen, hatte es aber dann doch nicht getan. Nach vier Monaten Warterei, meldete ich den Wagen ab. Ich fuhr ohne TÜV, das konnte teuer werden, und den Wagen in eine Werkstatt zu geben, wäre ebenfalls zu teuer. Ich machte mit Katharina also einen Kaufvertrag und   übernahm ihren Caddy. Ich meldete ihn auf meinen Namen um, behielt aber ihr Nummernschild, obwohl ich sonst immer dreimal die sieben fuhr. Katharina hatte ihre Initialen und ihr Geburtsjahr. Ich klebte meinen Buddha wieder auf das Amaturenbrett, meinen Talismann, aber vom Gefühl her blieb es ihr Auto.

Nun hatten sie und Kim beschlossen, dass Auto von Kim zu verkaufen. Er arbeitete viel im Homeoffice, und sie brauchten keine zwei großen Autos mehr. Katharina rief mich nachmittags an und erzählte, dass Kim sein Auto verkaufen würde, und als Zweitwagen wollte sie nun einen kleinen Wagen kaufen. Wenn Kim außer Haus wäre, er

brauchte aufgrund seiner Größe ein großes Auto, würde für sie ein kleines Auto reichen. Ich sah das etwas anders, mit vier Kindern in einem kleinen Auto? Wenn sie die Kinder von der Schule und dem Kindergarten abholen musste? Mit Schultaschen? Oder einkaufen für sechs Personen?
Ich machte ihr einen anderen Vorschlag.
Wenn sie ein kleines Auto kaufen würde, könnten wir die Autos tauschen. Sie würde ihren Caddy zurück bekommen und ich würde den kleinen Wagen nehmen. Für mich würde er reichen, und so viele Säcke Pferdefutter wie früher brauchte ich nicht mehr zu kaufen.

Schon am nächsten Morgen rief sie mich an, ob ich Zeit hätte. Sie hatte ein kleines Auto im Internet gefunden und würde es gerne mit mir ansehen. Sie verlor mal wieder keine Zeit. Wenn Katharina sich etwas in den Kopf gesetzt hatte, dann musste es sofort sein.

Wir machten eine Probefahrt und sie kaufte den kleinen Wagen und meldete ihn auf ihren Namen an. Und ein Kennzeichen hatte sie für mich auch schon dafür reserviert. YA 777. Wir tauschten einfach die Autos, so brauchten wir den Caddy nicht wieder ummelden.

Obwohl die Zwillinge nie in dem Caddy gefahren waren, freuten sie sich riesig darüber, dass ihre Mama ihren Caddy wiederbekam. Katharinas Freude darüber, ihren Wagen wiederzubekommen, schien ansteckend zu sein.
Sie bestellte sich sofort neue Sitzbezüge, natürlich in der passenden Farbe und einen Bezug für das Lenkrad mit Glitzersteinchen. Es war schön zu sehen, wie sehr sie sich freute, ihren Caddy wieder zu bekommen, der ja inzwischen schon einige Jahre auf dem Buckel hatte.

Als Hugo mein kleines Auto auf dem Hof stehen sah, wollte er natürlich sofort wissen, ob ich den Caddy verkauft hätte. Ja, hatte ich. Ob ich ihn gut verkauft hätte, wollte er wissen. Ich sagte ihm, ich hätte ihn sogar sehr gut verkauft.

„Richtig gut?" setzte er nach und freute sich sichtlich. Ich sagte ihm dann, ich hätte ihn wirklich richtig gut verkauft.

Drei Tage später stand Hugo wieder bei mir auf dem Hof. Er war mächtig geladen und ging mich sofort an. Ich hätte ihm gesagt, dass ich den Caddy verkauft hätte, dass ich ihn gut verkauft hätte. Warum würde er dann bei Katharina auf der Auffahrt stehen, wollte er wissen. Er war an ihrem Haus vorbei gefahren, Kontakt hatten sie zu der Zeit ja nicht mehr. Ich sagte ihm dann, dass ich den Caddy richtig gut verkauft hätte, an den besten Besitzer den ich mir für den Caddy vorstellen könne. Er stieg wutentbrannt in sein Auto und rauschte davon. In den nächsten Wochen sah ich ihn nicht wieder.

Hatte er ernsthaft geglaubt, ich hätte den Caddy von meiner Tochter gewinnbringend an eine fremde Person verkauft? Warum konnte er sich nicht darüber freuen, dass Katharina den Caddy zurück hatte? Er war ihr gegenüber früher nie gehässig gewesen, war er es jetzt nur, weil sie sich gegen ihn gestellt hatte? Weil sie zu Kim hielt und nicht mehr vor ihrem Vater kuschte? Scheinbar war ihm zusätzlich das viele Geld wohl zu sehr zu Kopf gestiegen. Seine Boshaftigkeit Katharina gegenüber schockierte mich jedenfalls ziemlich.

Zu Mario und seiner Freundin, die die Zuchtstuten und den Wallach Do it gekauft hatten, hatte ich noch immer Kontakt. Seine Freundin Ulla hatte einen Unfall mit ihrem Fahrrad gehabt und war schwer gestürzt. Sie erzählte mir später, dass sie mit dem Rad einfach umgefallen wäre. Sie hatte ihren Arzt um ein MRT gebeten, ihr war oft schwindelig gewesen und sie war der Meinung, dass irgendetwas mit ihrem Kopf nicht stimmte.

Ihr Arzt hatte sie für überspannt erklärt und sie wegen Burn out krankgeschrieben. Es zog sich über Wochen hin, bis ihr Arzt ihr endlich eine Überweisung zu einem MRT aushändigte. Ulla hatte mächtig Druck machen müssen, bevor er sich dazu bereit erklärt hatte.

Es stellte sich dann heraus, dass sie einen großen Tumor seitlich am Kopf hatte.

Die darauffolgende Operation war nicht sehr erfolgreich verlaufen, der Tumor lag ungünstig und konnte nur zum Teil entfernt werden. Sie fiel für Mario als Hilfe bei den Pferden aus. Und auch bei ihm hatte sich privat einiges verändert. Er hatte Do it in einen Reitstall gegeben und von dort aus verkauft. Und auch die beiden Zuchtstuten, eine davon war tragend und sollte im Sommer ihr Fohlen bekommen, sollten wieder verkauft werden. Mario hatte eine Frau kennengelernt und nun plötzlich ganz andere Pläne.

Ulla war in Sorge wegen der beiden Stuten, sie hing besonders an einer der beiden Stuten und sie hatte Angst, dass sie nun doch getrennt werden könnten. Als sie mich anrief und fragte, ob ich jemanden wüsste, der die beiden übernehmen würde, brauchte ich nicht lange zu überlegen. Ich rief meine Schwester an, und wir legten unsere Ersparnisse zusammen, um die beiden Stuten zurückzukaufen.

Mario war so nett und gab mir die Telefonnummer von der neuen Besitzerin von Do it. Er hatte einen guten Platz bekommen, gehörte nun einem jungen Mädchen, und ich hätte ihn gerne besucht, aber in dem Stall herrschten strenge Coronaregeln. Ich durfte nicht hin. Ich musste mich auf ein Telefongespräch und Austausch von Bildern und Videos beschränken.

Ich fuhr nur wenige Tage nach dem Gespräch mit Ulla mit Silka los, um die Stuten zu holen, und sie waren sofort wieder bei mir heimisch. Die beiden waren so viele Jahre bei mir gewesen und hatten hier irgendwie gefehlt.

Die Kinder freuten sich mit uns, sie kannten die Stuten ja ebenso lange und auch Katharina war glücklich darüber, dass die beiden wieder bei mir waren. Und im Juni sollte ein Fohlen kommen, hoffentlich würde alles gut gehen.

Ich rief Ole an, ich brauchte Heu, weil das Gras nicht ausreichte, und die Stuten nachts im Stall bleiben sollten. Als ich ihm sagte, dass ich Heu bräuchte, weil ich mir zwei Trakehnerstuten gekauft hätte, war am anderen Ende der Leitung Stille. Ole hatte seine beiden Stuten, die noch bei mir gewesen waren, ja gerade erst abgeholt, und nun hatte ich mir zwei neue geholt? „Willst du gar nicht wissen, was für Stuten das sind, Ole?" Er sagte noch immer nichts. Das war mal etwas ganz Neues, Ole sprachlos zu erleben. Nach einer ganzen Weile nannte er zögernd ihre Namen. Ich wusste, dass er es bereute, die beiden Stuten verkauft zu haben, aber nach dem Brand war es die einzig richtige   Entscheidung gewesen. Als ich ihm dann sagte, dass die beiden wieder bei mir seien, war er überglücklich. Ich hätte eine schwere Last von seinem Herzen genommen, meinte er.

Zwei Tage später stand er mit Heu auf dem Hof und begrüßte seine beiden Stuten. Ich hatte nicht vor, sie für mich zu behalten, Ole gab Silka und mir das Geld später wieder, und die Stuten waren wieder in seinem Besitz, blieben aber bei mir auf dem Hof.

Ansonsten war die Beziehung zwischen Ole und mir eher angespannt. Ich freute mich für ihn, dass er seine Stuten zurück hatte, aber ansonsten hielt ich ihn auf Distanz. Ich konnte nicht mehr mit ihm zusammen sein, ich musste ständig an Katharina denken, die sich beide Brüste hatte abnehmen lassen. Auch wenn sie äußerlich scheinbar gut damit umgehen konnte, hatte ich manchmal das Gefühl, sie hätte sich selbst damit bestrafen wollen.

Katharina war viel unterwegs. Sie hatte sich, gemeinsam mit einer Schulfreundin für einen Wander- Wettbewerb angemeldet. Einhundert Kilometer wollte sie über Sommer wandern, dafür sollte es eine Urkunde und eine Medaille geben. An den Wochenenden fanden Wanderungen an den verschiedensten Orten statt, und Katharina war mit Begeisterung dabei. In der Woche nahm sie sich nun die Zeit und ging viel spazieren, entweder allein, oder in Begleitung einer Freundin oder mir. Sie sprühte vor Energie, und wir glaubten, alles sei jetzt endlich gut.

Die nächste Untersuchung stand an, wir waren im Vertrauen darauf, dass alles in Ordnung sei. Katharina ging es so gut wie lange nicht mehr. Wir hatten viele Pläne geschmiedet, denn nun, wo ihr Vater sich auch bei mir auf dem Hof nicht mehr blicken ließ, konnten wir schalten und walten, wie wir wollten. Sie wollte unbedingt Hühner haben, bei ihr Zuhause war es nicht möglich, aber hier auf dem Hof war Platz genug. Und zwei Ziegen sollten wieder einziehen und ein Minischwein wäre schön. Wir würden dafür eine der Garagen opfern. Wir müssten sie nur ausräumen, denn auch die vier Garagen auf dem Hof hatte Hugo bis an den Rand mit Müll vollgestopft.

Kim war mit Katharina zum Kontrolltermin gefahren. Ich passte auf die Kinder auf. Gegen Nachmittag bekam ich eine Nachricht von ihr, ob es in Ordnung wäre, wenn sie nicht mit mir sprechen würde, sondern gleich ins Schlafzimmer verschwinden würde. Sie würde auch die Kinder nicht sehen wollen, sie bräuchte einige Zeit für sich, sie müsse erst einmal alleine sein.

Es hatten sich, trotz der neuen Medikamente, neue Metastasen gebildet. Die Ärzte hatten ihr gesagt, dass sie damit die „deadline" gezogen hätte, sie solle ihre Kinder darauf vorbereiten, dass sie bald ohne Mutter würden leben müssen. Sie könnten aber noch versuchen, einige Monate herauszuholen, sie würden ihr einen Port für die Chemo direkt in den Kopf setzten und Bestrahlungen machen. Ihre Augen würden dabei beschädigt werden, aber das wäre nicht weiter tragisch, sie würden ihr eine neue Linse einsetzten können.
Katharina lehnte ab.

Wir sprachen darüber, als Katharina sich später etwas gesammelt hatte. In meinen Augen hatte sie ihr Leben in die Hände dieser Ärzte gegeben, sie hatte alles genau so gemacht, wie es ihr gesagt wurde. Und sie hatten ihr klar zu verstehen gegeben, dass sie eine Behandlung mit Therapien aus der Naturheilkunde nicht wünschten. Sie hatte ihren Vater, so schien es mir, gegen diese Ärzte ausgetauscht. Sie glaubten, ebenso wie ihr Vater, zu wissen, was für sie gut und richtig war.

Da Katharina eine weitere Behandlung abgelehnt hatte, wurde ihr die Fahrerlaubnis entzogen. Der behandelnde Arzt hatte ihr heftig zugesetzt. Sie würde jetzt epileptische

Anfälle bekommen, hatte er gemeint. Die Gefahr, dass sie einen Anfall bekäme, während sie hinter dem Lenkrad säße, wäre zu groß. Womöglich würde sie noch ein Kind dabei überfahren, hatte er gemeint.

Ich war fassungslos, als Katharina mir davon erzählte. Es ging ihr so gut wie schon lange nicht mehr. Sie wollte doch ihre eigene Statistik schreiben, sie durfte sich jetzt von den Ärzten nicht verrückt machen lassen.
Warum sagten sie so etwas, wussten sie denn nicht, was sie mit solchen Aussagen anrichten konnten? Gab es nicht genug Berichte darüber, dass völlig gesunde Menschen starben, weil ihnen gesagt wurde, sie hätten nur noch wenige Wochen zu leben? Und todkranke Menschen plötzlich gesund waren, nur weil ein Arzt ihre Akten vertauscht hatte und falsche Informationen gab?

Ihre Schwiegermutter legte ihr nahe, sich um einen Platz im Hospiz zu bemühen. Es gab eines in der Nähe ihres Wohnortes, ihre Nachbarin wäre dort untergebracht, und es würde ihr dort sehr gut gefallen, hatte sie gemeint.
Ich war fassungslos, wütend, warum gaben sie Katharina so einfach auf und fanden sich mit der Prognose der Ärzte einfach ab? In mir schrie alles. „Nein! Katharina gehört zu ihren Kindern, zu ihrer Familie, gebt sie doch nicht so einfach auf und findet euch nicht damit ab! Diese Halbgötter in weiß haben sich schon hunderte Male geirrt, sie irren sich auch jetzt!"

Ich schrieb eine Freundin von Katharina und Kim an, deren Mann aus Ghana stammt. Er war sehr gläubig, ich wusste, dass er jeden Abend für Katharina betete. Vielleicht könnten die Medizinmänner aus seiner Heimat helfen.

Er besuchte Katharina, hielt ihre Hände. Ich solle mir keine Sorgen machen, beruhigte er mich, Katharina hätte eine unglaubliche Kraft in sich. Sie würde wieder ganz gesund werden. Daran glaubte ich auch, egal, welche Meinung die Ärzte vertraten. Katharina würde ihren Weg meistern, aber sie brauchte unsere Unterstützung.

Die Medizinmänner aus Ghana forderten ein Bild von Katharina und auch von mir an. Sie hatte eine Karmische Verstrickung mit ihrem Vater, wie ein Fluch, und irgendwie brauchten sie mein Bild wohl, um sie damit zu stärken.

Ein guter Freund gab mir dann auch noch die Telefonnummer einer Frau, die als Medium arbeitete. Sie arbeitete ebenfalls aus der Ferne mit Katharina. Als wir miteinander telefonierten, meinte sie, Katharinas Vater würde wie eine klebrige Teermasse an ihr kleben und es würde einige Tage dauern, bis sie das alles gelöst hätte. Die Energie würde sich sehr bedrohlich anfühlen, und sie hätte das Gefühl, als hätte die Seele von Katharina sich bereits damit abgefunden zu gehen.

Hatte Katharina nicht selbst zu mir gesagt, sie würde lieber ohne ihren Vater leben? Und weil sie ihm den Tod nicht wünschen wolle, würde sie lieber die Konsequenzen ihrer Krebserkrankung tragen? Aber das brauchte sie nun nicht mehr, wir würden jetzt endlich alle Verstrickungen mit ihrem Vater lösen und dafür sorgen, dass sie frei wurde. Frei von ihrem narzisstischen Vater.

Katharina ließ sich wieder einen Termin in der Biokrebsklinik geben. Als sie dort zur Infusion mit Kurkuma und Vitamin C war, schickte sie per Handy ein Bild mit der Unterschrift: „Endlich eine Therapie, die sich gut anfühlt." Stand sie also doch nicht so sehr hinter der Chemo, wie sie immer behauptet hatte?

Ihr Blut sollte dort auch für eine Misteltherapie ausgewertet werden, es fanden sich aber viel zu wenig Krebszellen, um geeignete Misteln auswählen zu können.

Trotzdem führte sie Gespräche mit ihren Kindern. Sie sollten wissen, falls es doch zu einem epileptischen Anfall bei ihr kommen sollte, was dann zu tun sei. Louisa sprach mich darauf an, sie wollte wissen, ob ich es schon einmal erlebt hätte. Ich kannte es bisher nur von Hunden, aber damit verhielt es sich ja ganz ähnlich. Ich sagte ihr, dass es gut ist, darüber informiert zu sein, zu wissen, was dann zu tun wäre. Schließlich könne man immer auf einen Menschen treffen, der plötzlich einen Anfall bekommt. Sie war beruhigt.

Ich hatte Katharina auf Kindheitstraumata getestet, einfach aus einem Bauchgefühl heraus. Eigentlich, so dachten wir, sei sie mit ihrem Vater soweit im Reinen, nachdem sie den Brief an ihn geschrieben und danach verbrannt hatte. Ich bat sie, sich noch einmal Zeit zu nehmen und ihre Seele für sich schreiben zu lassen. Irgendetwas belastete sie scheinbar noch immer. Katharina meinte, sie wüsste gar nicht, was sie schreiben solle, aber sie versprach, sich am Abend hinzusetzen und darüber nachzudenken.

Am nächsten Morgen rief sie mich an. Sie hatte sich eine Entspannungs CD mit Wasserplätschern angestellt und sich mit einem Schreibblock ins Bett begeben. Und dann hatte sie geschrieben und geschrieben und geschrieben. Neun lange Seiten. Sie sagte, sie wusste erst gar nicht, was sie schreiben sollte, und dann sprudelte es plötzlich nur so aus ihr heraus. Sie schrieb von ihrer geliebten Oma, meiner

Mutter, die sie plötzlich nicht mehr sehen durfte, weil ihr Vater den Kontakt verboten hatte. Von ihrem Herzensbruder Sebastian, den ihr Vater ihr auch genommen hatte und so viele andere Schmerzen, die er ihr zugefügt hatte.

Als wir abends am Lagerfeuer saßen, um auch diese Seiten wieder dem Feuer zu übergeben, meinte sie, sie wusste nicht, wie tief der Schmerz saß. Sie hatte selbst nie von ihrem Herzensbruder oder ihrer geliebten Oma gesprochen, aber hatte es so zu Papier gebracht. Ich hoffte, sie könne den Schmerz jetzt endlich loslassen.

Um die Kinder aus dem Kindergarten abholen zu können und etwas unabhängig zu sein, wollte Katharina sich ein Lastenfahrrad zulegen. Sie schaute im Internet nach und wurde schnell fündig. Überhaupt flogen ihr die Dinge einfach so zu. Wir hatten das Gefühl, das ganze Universum stünde an ihrer Seite, um ihr jeden Wunsch zu erfüllen. Ein paar Tage später kam Katharina mit den Zwillingen vorgefahren und präsentierte stolz ihre neue Errungenschaft.

Ihre Schwägerin hatte sie auf einen Kurztrip eingeladen. Ein Wochenende in die Berge mit Ausritt auf einem Shirehorse. Katharina hatte Respekt vor deren Größe, immerhin sind diese Pferde um die 1,80 Meter, freute sich aber auf die Auszeit. Ob sie wirklich reiten würde, wollte sie vor Ort entscheiden. Und sie entschied sich dafür, schickte mir über Handy einige Bilder. Eine strahlende junge Frau auf einem riesigen Pferd.

Sie hatte inzwischen auch ihren Bruder, ihren Herzensbruder, wie ihre Seele ihn benannt hatte, ausfindig machen können. Sebastian wohnte hunderte Kilometer weit entfernt. Sie fuhr über das Wochenende mit einer Freundin zum Wandern und verabredete sich bei der Gelegenheit mit ihrem Bruder. Sie trafen sich so auf halber Strecke.

Am Abend schrieb sie mir, sie sei mächtig nervös gewesen, ihren Bruder nach so vielen Jahren zu treffen. Sie wusste nicht, wie er reagieren würde. Aber sie waren sich in die Arme gefallen und hätten acht Stunden lang nur geredet. Sie schickte mir ein Bild von sich und ihm. Es trieb mir die Tränen in die Augen und ich schrieb ihr zurück: „So möchte ich dich immer strahlen sehen!"

Sie hatte Kraft getankt und lebte nach dem Motto: Jetzt erst recht!

Im Internet informierte sie sich über den Entzug einer Fahrerlaubnis und unter welchen Voraussetzungen sie diese rückgängig machen könne.

Sie brauchte ein Gutachten über ihre Fahrtauglichkeit. Dies würde sie über ein EEG bekommen, wenn es unauffällig wäre. Ich hatte Bedenken, es würde eventuell die Hirnhaut, auf der sich die Metastasen befinden sollten, reizen können, aber Katharina wimmelte ab, alles unbedenklich.

Zwei Wochen später fuhr sie wieder mit ihrem Caddy, alles unauffällig, keine Veranlassung für einen Entzug der Fahrerlaubnis. Es müsse nur regelmäßig kontrolliert werden.

Drei Wochen später nahm sie an einer Nachtwanderung teil, der Sonne entgegen. Es sollte ein Marsch in ihr neues Leben werden.
Sie hatte inzwischen auch wieder mit einem Heiler gearbeitet, auch er hatte von Krebsmetastasen nichts erfühlen können. Nach 20 Kilometern musste Kim sie

abholen. Katharina war mit Barfußschuhen unterwegs gewesen und hatte sich die Füße wund gelaufen. Eigentlich wollte eine Freundin mitgehen, hatte aber dann doch abgesagt. Ich traute es mir nicht zu, ich musste morgens wieder im Stall sein und wollte lieber schlafen. Katharina hatte versichert, dass sie auch gerne alleine gehen wollte.

Sie hatte bei diesem Marsch schon viel früher aufgeben wollen, gestand sie später, wollte aber nicht schlapp machen. Nun ging nach 20 Kilometern gar nichts mehr, Kim musste sie tragen, sie konnte keinen Schritt mehr gehen.

Irgendwie schien sie sich davon nicht zu erholen. Wir rieben ihre Füße ein, massierten, aber Katharina war plötzlich lustlos und müde. Vielleicht hatte sie sich doch zu viel zugemutet, sie brauchte Ruhe, weiter nichts. Sie schlief jetzt viel, aß aber gut und die Kinder waren viel bei ihr. Die Sommerferien standen an und sie wollten wieder auf den Campingplatz. Kim hatte kein gutes Gefühl, wollte eigentlich absagen. Aber vielleicht war dieser Urlaub an der Ostsee genau das, was Katharina jetzt brauchte. Ich glaubte fest daran, dass Katharina sich dort ganz schnell wieder erholen würde.

Ich redete Katharina gut zu, dieser Urlaub an der Ostsee würde sie wieder auf andere Gedanken bringen, dachte ich. Und ihren Füßen würde das Salzwasser sicherlich gut tun.

Aber dem war nicht so. Ihre Augen flimmerten immer mehr, ihre Kopf- und Nackenschmerzen nahmen zu, und sie war antriebslos. Sie machten abends mit Freunden, die dort ebenfalls ihren Wohnwagen stehen hatten, Spieleabende, aber tagsüber lag Katharina im Wohnwagen und schlief meist. Den Weg zu den Waschräumen und WC´s traute sie sich nicht allein zu gehen. Kim musste sie begleiten und jetzt sackten ihr plötzlich die Beine weg. Sie verlor für kurze Zeit die Kontrolle über sie und Kim musste sie auffangen.

Als ihr Auto etwas Öl verlor, beschloss Kim den Wagen am Heimatort in die Werkstatt zu geben, und ich machte Katharina den Vorschlag bei mir zu bleiben, damit Kim mit den Kindern wieder zum Campingplatz fahren und noch einige Tage Urlaub machen konnte.
Kim brachte also Katharina bei mir vorbei, er war durch die Sorge um sie mit den Nerven ziemlich am Ende.

Katharina bezog mein Schlafzimmer, bis zum Bad waren es nur ein paar Schritte. Sie war fröhlich wie immer, wir redeten und scherzten viel. Tagsüber saßen wir viel in der Halle, die inzwischen zu einer Wohlfühloase geworden war und genossen die gemeinsame Zeit.

So ging es ein paar Tage, und dann wollte sie nicht mehr aufstehen. Sie konnte sich einfach nicht mehr aufraffen, überhaupt auf die Toilette zu gehen. Sie wollte nur noch im Bett liegen und schlafen. Essen und Trinken mochte sie kaum noch.

Eine ihrer Freundinnen hatte sich zum Besuch angekündigt, ich nutzte die Zeit, um schnell einige Einkäufe zu erledigen. Ich wollte Katharina nicht alleine lassen.

Ihre Freundin erzählte, Katharina hätte fast die ganze Stunde geschlafen. Sie war nur kurz wach und hatte sie gefragt, warum sie auf dem Bett sitzen würde. Sie solle sich doch dazu legen und auch schlafen. Katharinas

Zustand hatte sich an diesem Tag deutlich verschlechtert. Wenn sie wach war, hatte sie schreckliche Nackenschmerzen, die Schmerzmittel halfen wenig, und essen oder trinken wollte sie nicht wirklich. Ich hatte Angst, ihre Nieren könnten die Ursache für ihre Schläfrigkeit sein. Ihre Freundin meinte, dass es besser sei, sie in ein Krankenhaus zu bringen, um die Ursache abzuklären. Katharina wollte erst nicht, willigte aber dann doch ein.

Sie wurde stationär aufgenommen, ich durfte bei den Untersuchungen dabei sein, aber nicht mit auf die Station. Es galten noch immer die Coronabestimmungen. Ihre Nierenwerte waren in Ordnung, sie bekam aber vorsorglich Flüssigkeit per Infusion und auch ein MRT wurde gemacht. Es war unauffällig. Ich hatte gehofft, dass Katharinas vermehrten Nackenschmerzen durch einen verschobenen Nackenwirbel herrührten, aber dem war auch nicht so. Es war alles unauffällig.

Ich rief am Abend noch Kim an und teilte ihm mit, dass ich Katharina ins Krankenhaus gebracht hatte. Er brach den Urlaub ab und kam am nächsten Morgen mit den Kindern zurück.

Da es Katharina am nächsten Morgen wieder deutlich besser ging, konnte sie wieder entlassen werden. Sie hatte einen Vitamincoctail und ein Morphinhaltiges Schmerzmittel per Infusion bekommen.

Kim holte sie am Vormittag ab, aber er bestand darauf, am Nachmittag mit ihr in die Uniklinik zu fahren. Katharina wollte nicht, sie wollte auch gar nicht wissen, wie es in ihrem Kopf aussah, gab aber Kim`s Drängen nach.

In der Uniklinik wurde ein neues MRT gemacht, das Gerät dort konnte schärfere Aufnahmen machen.

Es hatten sich Hämatome gebildet, vermutlich, weil einige Metastasen gewachsen waren, und Einblutungen im Gehirn.

Katharina rief mich am Abend an, sie würde jetzt auf der Palliativ Station liegen. Dabei klang sie, als wäre es das Normalste auf der Welt. Sie versuchte stark zu sein, meinte, es wäre vorsorglich und sie würden sie dort auf die richtigen Medikamente einstellen. Ich solle mir keine Sorgen machen.

Ich fuhr am nächsten Tag zu ihr. Die Ärzte hatten ihr geraten, sich nun dringend um einen Hospiz Platz zu kümmern.

Als ich ihr Zimmer betrat, lag sie in ihrem Bett, begrüßte mich mit einem fröhlichen: „Hallo Mama!"

Wir unterhielten uns, sie erzählte von der Untersuchung, davon dass die Metastasen wohl nun doch gewachsen wären, dass die Ärzte ihr noch eine Bestrahlung angeboten hätten, aber die wohl mehr kaputt machen würde, als nützen. Sie wolle noch dort auf Station bleiben, meinte sie, es sei ganz nett dort.

Sie bekam viel Besuch, ihre Freundinnen brachten ihr ihr Lieblingseis mit, machten Spielerunden mit ihr und Katharina schickte Bilder über WhatsApp, alles gut, ich lasse mich nicht unterkriegen.

Sie bekam Cortison und starke Schmerzmittel. Wenn sie alleine war, schlief sie viel und vergaß immer öfter, ihr

Handy zu laden. Sie war dann für mich nicht erreichbar. Ich geriet jedes Mal in Panik und rief auf der Station an und bat nach ihr zu sehen.

Ich konnte nicht täglich zu ihr fahren, der Weg war einfach zu weit, und es machte mich fast verrückt, wenn ich keinen Kontakt zu ihr hatte.

Katharina war seit einer Woche dort in der Klinik, als ich sie wieder den ganzen Vormittag über nicht erreichen konnte. Ich setzte mich hin, begann zu meditieren und wollte mit ihr telepathisch Kontakt aufnehmen. Ich machte seit Jahren Tierkommunikation, hatte aber noch nie telepathischen Kontakt zu einem Menschen aufgenommen.
Wenn Katharina schlief, wie die Schwester es mir zuvor mitgeteilt hatte, würde ich sie auf diesem Weg erreichen können.

Als ich den Kontakt zu ihr hergestellt hatte, erfuhr ich von Katharina, dass ihre Oma, meine Mutter, schon die ganze Zeit wieder bei ihr war. Sie hatte sich mir nicht gezeigt, um mich nicht zu beunruhigen. Und dass für sie alles in Ordnung wäre, sie wolle auf keinen Fall ein Pflegefall werden. Ich redete auf sie ein, sie solle kämpfen, sie würde den Kampf gewinnen können, jetzt wo sie doch endlich frei war von ihrem Vater und endlich ihr eigenes Leben leben konnte. Sie hatte ihrem Vater vergeben, sagte sie mir und sie wolle keine Rache. Ich wollte nicht, dass sie aufgab, ich wollte sie nicht aufgeben, ich wollte sie bei mir behalten, sie konnte doch nicht vor mir gehen. „Ich hab`dich lieb, Mama."

Am Nachmittag konnte ich endlich mit ihr telefonieren, sie hatte ihr Handy wieder geladen.

Ich bat sie, die Klinik wieder zu verlassen. Entweder zu mir oder nach Hause, egal wohin, nur raus aus der Klinik und wieder bei uns, bei ihren Kindern, Kim und mir. Es waren noch Sommerferien, Kim und die Kinder waren zuhause, sie gehörte hier her.

Zwei Tage später zog sie wieder bei mir ein. Kim hatte mit Hilfe einer gemeinsamen Freundin, die im Pflegedienst tätig ist, einen Pflegedienst beauftragt. Sie sollten sich kümmern, falls es Katharina schlechter ging. Für Zuhause wurde ein Pflegebett und diverse andere Pflegehilfen bestellt.

Katharina bezog wieder mein Bett, die Dame vom Pflegedienst stellte sich vor und war uns auf Anhieb sehr sympathisch. Und Katharina hatte wie immer gute Laune. Sie scherzte und lachte, als würde sie lediglich an einer Grippe leiden und bald wieder gesund sein.

Ihre Tochter zog ebenfalls bei mir ein und schlief bei Katharina mit im Bett.

Tagsüber waren wir viel in der Halle, Kim kam jeden Tag mit den Kindern vorbei, und auch sonst hatte Katharina viel Besuch. Sie aß wieder unglaublich gut, ließ sich verwöhnen und Kim kaufte alles ein, worauf Katharina Appetit hatte. Das Cortison schien gut zu wirken, es sollte die Schwellungen im Gehirn reduzieren und es schien seine Wirkung zu tun. Katharina machte wieder Pläne, sie wollte eine Schiffsreise mit ihren Freundinnen machen, und sobald sie wieder fit genug wäre, wollte sie ins Fitnessstudio, um die Cortisonpolster, die sie inzwischen hatte, wieder abzutrainieren. Und Tanzstunden wollte sie noch nehmen, um endlich

richtig tanzen zu lernen. Sie wollte mit meiner
Schwester und mir ein Brautkleid kaufen gehen, um
Kim endlich auch kirchlich zu heiraten. Mit einem
richtigen Brautkleid, mit Glitzer. Wir mussten beide
lachen als ich ihr sagte, dass ich furchtbar heulen
würde, wenn ich sie in einem Brautkleid sehen
würde. Ich war immer schon viel zu dicht am Wasser
gebaut, vielleicht wäre es besser, sie würde ohne
mich das Kleid aussuchen. Sie würde eh in jedem
Kleid wunderschön aussehen. Und das war nicht
gelogen, Katharina konnte anziehen was sie wollte,
sie sah einfach immer hübsch aus.
Ich hatte ihr einmal gesagt, sie könne sich auch einen alten
Kartoffelsack überziehen, sie wäre selbst darin noch
wunderschön.

Die Tage vergingen und ihre Schmerzen wurden
wieder mehr. Sie schlief auch plötzlich wieder
mehr, wenn sie dann aufwachte, fragte sie nach
Kim. Wo er hin sei, wollte sie wissen, er sei doch
gerade noch hier an ihrem Bett gewesen. Wenn ich
ihr sagte, dass Kim zuhause bei den Kindern wäre,
meinte sie, es könne nicht sein, sie hätte doch
gerade noch mit ihm gesprochen und schlief wieder
ein.

Einige Male fragte Katharina nach ihrem Vater. Er fuhr ja
regelmäßig an unserem Hof vorbei. Ob Papa sich mal
gemeldet und nach ihr gefragt hätte, wollte sie wissen.
„Er muss doch gesehen haben, dass ich hier bei dir bin."
Das hatte er sicher, von der Straße aus hatte er einen
direkten Blick in die Halle, in der wir uns oft aufhielten.
Aber er hielt nicht an und er rief auch nicht an, um sich
nach seiner Tochter zu erkundigen. Ich bot Katharina an,
ihren Vater anzurufen, aber sie lehnte ab. Er soll sich

alleine melden, meinte sie, aber ich sah ihr an, wie sehr sie unter seiner Gleichgültigkeit litt.

Seine Tochter sei sein ein und alles, hatte er jahrelang jedem erzählt, und dass er alles für seine Tochter tun würde. Aber da hatte sie auch funktioniert, wie er es wollte. Nun tat sie es nicht mehr, und er ließ sie einfach fallen. Sie war ihm scheinbar nicht mehr nützlich und offensichtlich interessierte es ihn herzlich wenig, wie es Katharina ging.

Trotzdem hätte ich ihn sofort angerufen und gebeten zu kommen, wenn sie es gewünscht hätte.

Katharina war knapp zwei Wochen bei mir, Kim war nachmittags dagewesen und Louisa wollte an diesem Abend wieder mit nach Hause. Sie war die ganze Zeit über mit bei mir gewesen.

Katharina hatte wieder starke Schmerzen gehabt, musste sich einige Male übergeben. Kim hatte Spucktüten besorgt.

„Entschuldigung Mama, dass du so viel Mühe mit mir hast."

An diesem Abend müssen die Schmerzen besonders schlimm gewesen sein, denn Katharina krümmte sich einige Male und ballte ihre Fäuste. Ich wollte wissen, ob ich den Notarzt rufen solle, aber sie verneinte. „Geht schon, Mama."

Ich rief Kim an, wollte wissen, was ich tun sollte. Kim riet mir, den Pflegedienst zu rufen, sie hatten für diesen Fall Morphium in meinem Kühlschrank deponiert. Als ich dort anrief, war nur eine Vertretung anwesend und der junge

Mann war nur für die Pflege zuständig. Er sei noch nicht lange dabei, entschuldigte er sich, ich solle doch besser den RTW rufen.

Katharina willigte nach langem Zureden ein, sie wollte nicht wieder ins Krankenhaus, aber ihre Schmerzen waren ganz offensichtlich. Sie spielte sie herunter, wollte stark sein, nicht jammern. Ihr Vater hatte es immer gehasst, wenn einer von uns krank war und jammerte. Wir sollten uns zusammenreißen, hieß es immer. Hier wird nicht gejammert. Dieses Privileg hatte nur er allein.

Ich rief den Rettungswagen, die Sanitäter setzten Katharina im Bett auf, sie wollte nicht.
Sie könnten ihr jetzt ein stärkeres Schmerzmittel geben, meinten sie, ansonsten müssten sie Katharina mitnehmen ins nächste Krankenhaus. Das nächste Krankenhaus war aber gerade das, in welches Katharina überhaupt nicht sollte. Es hatte den denkbar schlechtesten Ruf von allen hier in der Umgebung. Katharina war in dem südlich gelegenen Krankenhaus bekannt, es waren nur vier Kilometer mehr zu fahren, als zu dem nördlich gelegenen. Aber die Sanitäterin machte mir unmissverständlich klar, dass sie Anweisungen hatte, nur in das nächste Krankenhaus zu fahren, und genau dies würde sie auch tun. Ich stand in der Tür mit Blick auf Katharina, die zusammengesunken versuchte, auf meinem Bett sitzen zu bleiben. Der Sanitäter hinderte sie daran, sich wieder hinzulegen. Sie sollte gleich versuchen aufzustehen und zum Wagen zu gehen. Und dann fiel Katharina plötzlich zur Seite, ihr ganzer Körper war verkrampft und ihr Blick starr zur Decke gerichtet. Sie war nicht mehr ansprechbar. Wenig später kam der gerufene Notarzt dazu.

Er schaute in die Patientenverfügung, die ich ihm übergeben hatte. Es wäre jetzt der Zeitpunkt, an dem sie nichts mehr unternehmen würden, meinte er zu mir. Katharina sei ohne Bewusstsein und er ginge davon aus, dass es auch so bleiben würde. Er könne nichts mehr für sie tun. Sie würden Katharina jetzt mitnehmen ins Krankenhaus.

Sie legten sie in eine Tragetasche, eine Bahre war wegen der Enge in meinem Wohnheim nicht möglich. Vor der Tür legten sie sie auf die Liege. Ich gab meiner Tochter einen Kuss, strich ihr über die Wange, ich würde Kim sofort anrufen, sagte ich ihr, er würde gleich zu ihr kommen.

Ich rief Kim an, ich selbst war nicht in der Lage zu fahren. Ich setzte mich in mein Wohnzimmer, versuchte mich soweit zu beruhigen, dass ich in der Lage war, ihr Energie zu schicken. Es war inzwischen Mitternacht geworden.

Gegen Morgen klingelte mein Handy, Kim war am Telefon. Katharina wäre jetzt gerade wieder zu sich gekommen und er würde jetzt nach Hause fahren. Eine Freundin war bei den Kindern geblieben, sie wohnte nur wenige Straßen entfernt.

Ich besuchte sie am Vormittag, Kim war auch dort. Katharina hatte morgens versucht, aufzustehen um auf die Toilette zu gehen und war mehrfach gestürzt. Sie hatte ein Einzelzimmer und es hatte niemand bemerkt.
Ihr Körper war übersät mit Blutergüssen.

Ich half ihr zur Toilette. Als sie zum Bett zurück wollte, versagten ihre Beine. Sie begannen wieder zu krampfen, Kim fing sie auf und dann verlor Katharina erneut das Bewusstsein. Ich rief nach einer Schwester.

Nach endlosen Minuten kam Katharina wieder zu sich.

Am Abend telefonierte ich noch einmal mit Kim. Man hatte Katharina in ein Gitterbett gelegt, damit sie über Nacht nicht aufstehen konnte. So wollte man erneute Stürze vermeiden. Mir bleib das Herz fast stehen, ich kannte Katharina. Dieses Gitter würde sie nicht davon abhalten aufzustehen. Ich war mir sicher, dass sie versuchen würde, darüber hinweg zu steigen.

Kim konnte die Nacht nicht bei ihr bleiben, er musste sich tagsüber um die Kinder kümmern und brauchte seinen Schlaf. Er gab mir die Telefonnummer von der Station, und ich bat dort um Erlaubnis die Nacht über bei meiner Tochter sein zu dürfen. Ich hätte zuhause keine ruhige Minute gehabt.

Als ich Katharinas Zimmer betrat, war sie wach. „Was machst du denn hier, Mama?" Ich glaube sie war heilfroh, nicht alleine sein zu müssen. Nach einer halben Stunde beschwerte sie sich über die Gitter am Bett und versuchte, darüber zu klettern. Sie wollte zur Toilette.

Ich überredete sie, die Schwester zu rufen und um eine Bettpfanne zu bitten. Ich wollte mir nicht ausmalen was passiert wäre, wäre sie allein im Zimmer gewesen.

Das zweite Bett, das im Zimmer stand, schob ich dicht an ihr Bett und stellte das Gitter an Katharinas Bett auf der einen Seite runter. So lagen wir dichter beieinander und ich konnte die Nacht über ihre Hand halten.

Die Schwester kam nur kurz herein und verschwand dann wieder. Sie waren zu zweit für dreißig Patienten zuständig.

Gegen Mitternacht klingelte ich nach der Schwester. Katharina ballte die Fäuste und wand sich im Bett. Sie klagte nicht, meinte es würde gleich wieder besser gehen, aber sie hatte heftige Schmerzen. Die Schwester kam nach einigen Minuten, war sichtlich genervt, als ich sie um ein Schmerzmittel für Katharina bat. Sie hätte erst über den Tropf ein starkes Schmerzmittel bekommen, wenn sie jetzt die Fäuste ballen würde, läge es an den Krämpfen, meinte sie. Ich versuchte so freundlich wie möglich zu bleiben, aber es fiel mir verdammt schwer. Sie hatte in dem anderen Krankenhaus, in dem sie wenige Tage vorher war, ein opiumhaltiges Schmerzmittel bekommen, und damit ging es ihr deutlich besser. Nach einer Stunde kam die Schwester zurück. Sie hatte mit dem Arzt gesprochen und der hatte sein Ok gegeben. Katharina konnte endlich schlafen.

Morgens musste ich zurück zum Hof, die Pferde mussten versorgt werden und die Hunde, Katharinas Hunde waren ja auch bei mir, mussten dringend raus.
Wir verabschiedeten uns: „Ich hab´dich lieb".

Kim und ich waren im ständigen Austausch. Und Kim organisierte die Besuche bei Katharina. Er übernahm den Vormittag, der Freundeskreis wechselte sich über Tag ab und ich übernahm die Nächte. So war Katharina immer nur für kurze Zeit allein.

Die Nächte waren unruhig, Katharina schlief immer nur für kurze Zeit. Sie hatte oft Bauchweh, sie trank viel zu wenig und damit sie Flüssigkeit zu sich nahm, brachte ihre Freundin ihr Limonade oder Radler mit, was sie gerne trank. Die Kohlensäure darin vertrug Katharina aber nicht. Außerdem lag sie am Tropf, die Nadel hatte man in ihre Ader auf dem Handrücken angebracht. Ihre Arme waren durch die vielen Infusionen, die sie in den letzten Monaten bekommen hatte, völlig vernarbt.

Der behandelnde Arzt legte Kim nahe, Katharina in ein Hospiz zu bringen. Wir trafen uns am Nachmittag bei Katharina im Zimmer für ein Gespräch.
Der Arzt, eine Schwester, Katharinas Freundin, Kim und ich. Ich mochte diesen Arzt nicht. Er sprach über Katharina, als wäre sie gar nicht anwesend. Ich saß am Fenster, an ihrem Bett war kein Platz. Eigentlich wollte ich dort sitzen und ihre Hand halten. Hier wurde über sie gesprochen ohne sie mit einzubeziehen. Sie wurde nicht gefragt, der Arzt redete über ihren Kopf hinweg, als wäre sie nicht in der Lage, seinen Worten zu folgen. Vielleicht muss man als Arzt so gefühllos sein, aber ich empfand es als unmenschlich, so im Beisein des Patienten zu sprechen. Katharina geriet auch promt in Stress und krampfte sich wieder zusammen. Es war zu viel.

In der kommenden Woche, am Dienstag wäre ein Platz im Hospiz frei, Kim sollte sie dort anmelden. Katharina wollte auf keinen Fall dorthin, sie wollte nach Hause, zu ihren Kindern.

Nach ein paar Tagen sollte Katharina das Morphin nicht mehr über die Spritze bekommen, sondern in Tablettenform. Sie zeigten aber keine ausreichende Wirkung, deshalb stiegen die Ärzte um auf Pflaster. Das ersparte Katharina die ständigen Spritzen, aber die Dosis der Pflaster musste erst getestet werden.

Ihre Krampfanfälle wurden mehr. Es war inzwischen so, dass Katharina kurz nachdem sie in der Nacht das Cortison per Infusion bekommen hatte, zu krampfen begann und minutenlang bewusstlos war. Die Krankenschwester meinte, es wäre nur nachts und hätte mit dem Cortison nichts zu tun. Ich war mir da nicht so sicher, ich hatte das Gefühl, dass Katharina diese beiden Mittel in Kombination nicht vertrug. Und die nächste Cortisoninfusion bekam sie am frühen Morgen, wenn ich fuhr und sie für zwei Stunden alleine war. Vielleicht bekam die Schwester es einfach nur nicht mit.

Diese Anfälle waren die Hölle. Katharina verdrehte Arme und Beine, ich sah den Krampf kommen und konnte nichts tun. Und dann lag sie minutenlang da und starrte mit leerem Blick nach oben an die Decke. Sie verlor bei jedem Anfall das Bewusstsein und konnte sich später an nichts erinnern. Nur die Beine taten ihr schrecklich weh. Ich versuchte ihre Beine zu massieren, cremte sie mit Salbe ein, aber Katharina schmerzten schon die Berührungen.

Ich bat sie darüber nachzudenken, doch in das Hospiz zu gehen, nur solange, bis es ihr besser gehen würde.
Die Vorstellung, dass ihre Kinder solch einen Anfall miterleben könnten, war furchtbar und Katharina hätte es sicher auch nicht gewollt, aber sie hatte keine Erinnerung daran. Im Hospiz könnten die Kinder sie auch täglich besuchen.
Dieses Krankenhaus war dafür nicht unbedingt geeignet, außerdem galten ja auch noch immer die Coronabeschränkungen.
Ich musste jeden Abend zeitig losfahren, um noch einen Coronatest machen zu können. Ohne Test hätte ich keinen Zutritt bekommen. Dass ich dort ohne eine Impfung Zutritt bekam und dann auch noch über Nacht bleiben durfte, hatte Kim für mich geregelt. Und vielleicht waren die Schwestern auch ganz froh darüber, hatten sie doch so ein Zimmer weniger, in das sie ständig schauen mussten.

Ole war in diesen Tagen nur einmal hier. Er war den Tag über drüben auf seinem Hof gewesen, hatte mit Holger den frühen Abend verbracht und kam kurz bevor ich zu Katharina fuhr, wieder zu mir. Er fand keine Worte, konnte mit dieser Situation nicht umgehen. Als ich am Morgen wieder aus dem Krankenhaus zurück war, ging ich sofort zum Stall, um die Pferde zu versorgen. Ich hatte nur die Hunde kurz rausgelassen, die Nacht war furchtbar gewesen und ich war bitterlich am Weinen.

Ole kam, nahm mich kurz in den Arm. Er wollte wieder los, er hatte zuhause viel zu tun.

Nachmittags hatte ich Interessenten für Katharinas Pony auf dem Hof. Ich hatte es ins Internet gestellt und Katharina am Abend vorher von den Interessenten erzählt, die kommen wollten. Sie kannte die Familie, würde sich freuen, wenn es klappt, hatte sie gemeint.

Ich brachte sie gerade wieder zum Tor, sie wollten noch darüber schlafen, als der Wagen von Hugo auf den Hof gefahren kam.

Er hielt mir eine Plastiktüte hin. Wenn ich Katharina sehen würde, solle ich ihr das bitte von ihm geben und öffnete die Tüte, damit ich hineinsehen konnte. Es war das Buch „Heilung im Licht" von Anita Moorjani. In diesem Buch geht es um die Transformation im Sterbeprozess. Sie erzählt in diesem Buch von ihrer eigenen Krebserkrankung und wie sie sich selbst geheilt hatte, während sie „im Sterben" lag.

Er tat als wäre nie etwas gewesen, wollte am nächsten Tag kommen um die Rasenfläche am Haus zu mähen. Und die Pappeln um den Klärteich wolle er schneiden, er hätte gesehen, dass sie dort wieder wuchern würden. Er hätte sich die nächsten Tage extra dafür frei genommen.

In mir kochte die Wut hoch. Katharina hätte das Buch schon lange gelesen, ich versuchte ruhig zu bleiben, ich ebenso, und ganz sicher würde ich Katharina von ihm gar nichts übergeben. Und mähen könne er woanders, wir hätten hier weiß Gott andere Sorgen, als die Pappeln und das zu hohe Gras.

Und dass ich ihn hier bei mir überhaupt nicht mehr sehen wolle, dass ich seine Gegenwart einfach nicht mehr ertragen würde. Hugo verstand meine Reaktion nicht, er meine es ja nur gut und wolle helfen. Ich hätte ja genug zu tun.

Ich gab ihm die Schuld für die Tumore in Katharinas Kopf. Sein ständiges Reden, wir seien krank im Kopf, wir sollten unseren Kopf doch mal untersuchen lassen, da stimme etwas nicht mit. Er stritt es ab, so etwas hätte er zu Katharina nie gesagt. Er wolle für sie doch immer nur das Beste.

Das Beste wäre wohl, wenn er zu ihr ins Krankenhaus fahren würde und sich bei ihr für alles das, was er ihr angetan hatte, entschuldigen würde. Wenn er nur ein wenig Anstand hätte würde er zu ihr fahren und sie um Entschuldigung bitten. Und vielleicht würde Katharina dann das „Ruder" noch einmal herumreißen können und wieder gesund werden. Es sähe nämlich ziemlich schlecht aus im Moment. Und damit ließ ich ihn stehen.

Tatsächlich war er am nächsten Tag bei ihr im Krankenhaus. Er hatte die Schwester gebeten, bei Katharina anzufragen, ob sie ihn überhaupt sehen wolle. Er hatte dann an ihrem Bett gesessen, hatte geweint und sich bei ihr entschuldigt. Er wollte doch immer nur das Beste für sie.
Und dann erzählte er ihr, dass er auch Krebs hätte, Darmkrebs. Es sei die Schuld seiner Ehefrau, er

hätte sich so viel über sie geärgert. Damit schließt sich dann wohl der Kreis, hatte Katharina geantwortet.

Als Kim mit einer ihrer Freundinnen das Zimmer betrat, war Hugo gegangen. Er hatte Kim kurz angesehen, sie hatten aber kein Wort miteinander gewechselt.

Nach diesem Besuch hörten wir nichts mehr von Hugo, er besuchte sie nicht wieder und fragte auch nicht mehr nach ihr. Aber Katharina tat es gut und mir auch. Er hatte sich endlich entschuldigt. Ich sagte Katharina nicht, dass er vorher bei mir war, das war nicht wichtig. Und ich glaubte auch nicht, dass er wirklich eingesehen hatte, was er in seiner Tochter angerichtet hatte. Aber das spielte auch keine Rolle, Katharina hatte zum ersten Mal in ihrem Leben aus dem Mund ihres Vaters eine Entschuldigung vernommen.

Das war am Donnerstag, Katharina fragte immer wieder nach dem Wochentag. Sie wollte am Donnerstag unbedingt nach Hause, hatte sie sich vorgenommen. Sie war enttäuscht, als ich ihr abends sagte, dass Donnerstag wäre und sie im Moment noch nicht nach Hause könne.

Am Dienstag darauf sollte Katharina in das Hospiz umziehen. Die Vorbereitungen liefen bereits. Katharina wollte nicht, es fühlte sich nach Endstation an. „Nur bis es dir besser geht, Schatz, und vielleicht," so hoffte ich, „haben sie dort noch andere Möglichkeiten zu helfen." Und besser betreut wäre sie dort allemal.

Als ich am Freitag früh gehen wollte, kam eine Schwester vom Palliativ Zentrum ins Zimmer und setzte sich zu Katharina ans Bett. Sie wollte bei ihr bleiben, bis Kim käme. Katharina sah zum Stuhl: „Na Zwergnase?" Als keine Antwort kam meinte sie: „ Ach, du bist das gar nicht." Ich fuhr weinend nach Hause, sie vermisste ihre Kinder, wie sehr konnten wir nur erahnen.

Diese Schwester bestätigte später meine Vermutung, dass Katharina auch morgens nach der Cortisongabe einen Kampfanfall bekäme. Sie hatte in einem solchen Anfall wieder das Bewusstsein verloren, kurz nachdem die Cortisoninfusion durchgelaufen war.

Zuhause schrieb ich Kim eine Nachricht.
Die Kinder mussten unbedingt zu Katharina ins Krankenhaus. Eigentlich wollte er bis zum Dienstag warten, wenn Katharina ins Hospiz umgezogen wäre. Aber er fuhr gemeinsam mit einer Freundin noch am selben Nachmittag zu ihr.

Ich hatte schon einige Tage vorher bemerkt, dass Katharina nicht mehr sehen konnte. Wenn ich ihr die Trinkflasche reichte, sie hatte jetzt immer eine Trinkflasche der Kinder bei sich im Bett, tastete sie danach. Wenn sie nach dem Handy verlangte und ich es ihr geben wollte, ging ihr Griff ins Leere. Ich nahm dann schweigend ihre Hand und legte ihr die Flasche oder ihr Handy dort hinein. Katharina verlor kein Wort darüber, dass sie inzwischen fast erblindet war. Sie wollte uns wohl nicht noch zusätzlichen Kummer machen.

Das Essen, was ihr von der Schwester auf den Tisch gestellt wurde, blieb unberührt, bis Kim oder eine ihrer

Freundinnen kam und sie fütterte. Katharina überspielte es, indem sie es als Scherz abtat.

Die Dosis der Morphinpflaster wurde erhöht, angeblich reichte die Dosierung noch nicht aus. Aber mit der erhöhten Dosis begann Katharina zu fantasieren. In der Nacht zu Samstag wickelte sie fast die ganze Nacht über irgendwelche Wolle, die sie zwischen ihren Händen durchlaufen ließ, auf. Oder sie erklärte mir, sie würde Wäsche zusammenlegen, wenn ich sie fragte, was sie gerade täte. Dann versuchte sie ihre Nadel aus dem Handrücken zu ziehen und wollte wissen, was der Mist in ihrer Hand zu suchen hätte. An Schlaf war gar nicht mehr zu denken, sie konnte ja nichts mehr sehen und ich hatte furchtbare Angst, dass sie sich verletzten könnte. Sie hing ja zusätzlich ständig an einem Tropf.

Als ich am Sonntagabend ihr Zimmer betrat, fühlte es sich anders an. Katharina war schrecklich nervös, kam wieder nicht zur Ruhe. Sie wickelte wieder irgendwelche Wolle auf, dann schaute sie nach oben und winkte jemandem lächelnd zu. Ich konnte nicht sehen, wen sie dort sah, aber ich sah um ihr Bett herum Gestalten stehen.
Fremde Gestalten, sie standen um Katharinas Bett herum, als würden sie auf sie warten.

Ich machte mit meinem Handy ein Bild von Katharinas Zimmer und schickte es zu meiner Freundin Ria. Ich bat um ihre Hilfe, hier stimmte etwas nicht. Ria versprach sofort, das Zimmer energetisch zu reinigen. So etwas geht auch über die Ferne, wenn man nur eine Vorstellung oder besser noch ein Bild von solch einem Ort hat.
Ich vermutete, dass es Verstorbene sein mussten, die ich da vor meinem geistigen Auge wahrnahm. Verstorbene, die ihren Weg ins Licht nicht gefunden hatten und nun um Katharinas Bett herum standen.

Nach einer knappen Stunde fühlte sich das Zimmer wieder friedlich an und die Wesen waren verschwunden.

Katharina war die ganz Nacht über wach.
Sie wickelte wieder Wolle auf, legte Wäsche zusammen, dann fuhr sie mit ihren Händen durch ihre Haare. Als ich wissen wollte, was sie da mache antwortete sie:
„ Ich mache meine Haare, heute ist doch Halloween!"
„Schatz, Halloween ist erst morgen." „Du verarscht mich doch Mama, oder?" „Nein Schatz, du hast dich um einen Tag vertan."

Dann wickelte sie wieder ihre Wolle auf.

Diese Dosierung der Cortisonpflaster war einfach zu hoch. Und die Kombination mit dem Cortison vertrug Katharina in meinen Augen nicht. Aber ich bin eben kein Arzt. Für mich war es einfach so, dass das Cortison aufputschte und dann kam die Beruhigung durch das Morphium dazu. Das war Stress in ihrem Körper und führte zur Bewusstlosigkeit. Aber ich selbst hatte auf das Morphin bestanden, damit ihre Schmerzen aufhörten. Das Cortison wollten die Ärzte nicht absetzen, es sollte ja die Schwellung im Gehirn reduzieren. Es war ein innerer Kampf für mich, und ich wünschte, ich hätte meine Tochter damals, gleich zu Beginn ihrer Diagnose, von diesem Weg abbringen können. Aber sie hatte die Schulmedizin gewählt und ich hatte ihren Wunsch respektiert. Hätten wir den anderen Weg gewählt, was wäre dann? Wäre sie dann geheilt? Wenn, wenn wenn.

Gegen Morgen konnte Katharina nicht mehr schlucken, in ihrem Mund sammelte sich Speichel, der ihre Atmung erschwerte. Die Schwester, eine der wenigen mitfühlenden, saugte ihr den Speichel ab und schloss sie an ein

Sauerstoffgerät an. Nach einer Stunde kam Katharina etwas mehr zur Ruhe und das Gerät konnte wieder entfernt werden.

Ich verabschiedete mich: „Ich hab dich lieb Schatz!". Es war Montag, der erste Schultag nach den Sommerferien.

Zuhause angekommen, ließ ich die Hunde wieder raus, ging in den Stall und versorgte die Pferde.

Ich war gerade wieder im Haus, wollte mich schlafen legen, als das Telefon klingelte.

Kim war am Apparat.

„Anja, der Arzt hat mich gerade auf dem Flur abgefangen. Er meinte, dass wir wohl in den nächsten Tagen eine Entscheidung treffen müssen."

Ich schickte meiner Schwester eine Nachricht, ob sie die Hunde später noch einmal rauslassen könne, ich müsse sofort wieder ins Krankenhaus zu Katharina und wisse nicht, wann ich zurück sein würde und fuhr sofort wieder los. Schlafen konnte ich jetzt eh nicht mehr. Kim wollte mich abholen, aber dann wäre Katharina alleine gewesen, das wollte ich auf keinen Fall.

Ihre Atmung ging schwer, ihr Mund war voller Speichel und ihre Lunge rasselte. Kim machte mir den Platz an Katharinas Bettseite frei und setzte sich zu ihren Füßen. Die Schwester kam und saugte ihr den Speichel noch einmal ab, ich hielt Katharinas Hände.
Danach ging es etwas besser und Kim stellt das Kopfteil ihres Bettes etwas höher.

Kurz danach kam auch ihre Freundin und setzte sich dazu. Ich hielt Katharinas Hand, Kim streichelte ihre Füße. Ich war mir sicher, dass Katharina jetzt vor der Entscheidung stand zu gehen oder zu bleiben. So wie es in dem Buch, das wir beide gelesen hatten, beschrieben war. Sie hatte sich jetzt von ihrem Vater gelöst, sie konnte jetzt endlich ihr eigenes Leben leben, es würde jetzt alles gut werden.

Ich betete das Vater Unser, betete zu Erzengel Gabriel und Michael und bat um ihren Beistand für Katharina.

Und ich war mir sicher, dass sie jeden Moment die Augen öffnen, mich anlächeln, und sagen würde: „Da bin ich wieder, Mama," während ich ihre Hand hielt, die so zart und zerbrechlich war wie ihre Seele.

Alle hier genannten Personen und Orte wurden von mir umbenannt.
Ähnlichkeiten mit Namen und Orten sind daher rein zufällig.